湯島天神坂
お宿如月庵へようこそ
満月の巻

中島久枝

ポプラ文庫

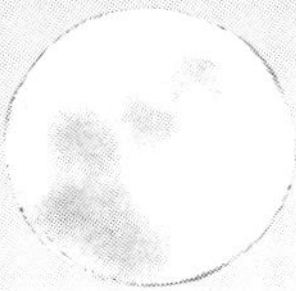

目次

湯島天神坂

お宿如月庵《きさらぎあん》へようこそ

満月の巻

中島久枝

プロローグ

お宿如月庵《きさらぎあん》は上野広小路《うえのひろこうじ》から湯島天神《ゆしまてんじん》に至る坂道の途中にある。

湯島天神といえば梅の名所。学問の神様の天神様をお祀りしている神社である。その前の坂を上っていけば武家屋敷や昌平坂《しょうへいざか》学問所がある本郷《ほんごう》界隈で、二本差しのお侍や学問に励む若者が道を行く。

一方、坂を下れば賑やかな繁華街の上野広小路である。不忍池《しのばずのいけ》もすぐそこで、夕闇が迫り、灯りがつくころともなれば、姐さんたちがつまびく三味線の音がここかしこから聞こえてくる。酒を飲み、人生の楽しみを味わう場所だ。

上と下でまったく違う顔を持つ坂の、ちょうど中間にあるのが如月庵だ。

知る人ぞ知る小さな宿だが、もてなしは最高。うまい料理に温かい風呂、部屋係の心遣いにふれれば、浮世の悩みも消えるという。

名のある方がお忍びでやって来るし、下足番《げそくばん》の樅助《もみすけ》は一度見聞きしたことは忘れないし、板前の杉次《すぎじ》や部屋係の長の桔梗《ききょう》は武芸の達人だ。なんだか、不思議なところのある宿だ。

そんな如月庵に梅乃《うめの》が部屋係として働き始めて二年が過ぎ、梅乃は十七、紅葉《もみじ》は十八になった。

仕事の手が空いて、梅乃と紅葉が休み場所の溜まりをのぞくと、同じく部屋係のお蕗《ふき》がいた。お蕗は二人を見ると、にんまりと笑って手招きした。なにかとっておきの話があるらしい。

「あんたたち、髪洗え女の話を知っているかい」

「なんだよ。面白そうだね」

紅葉はさっそくお蕗の傍に寄る。梅乃は隣に座った。

「根津《ねづ》にね、五万石の大名、小石原《こいしはら》藩の上屋敷《かみやしき》があるんだよ。そこでね、毎晩、恐ろしいことが起こっているんだ」

お蕗はもったいぶって語り始める。

「上屋敷には藩主の小石原様とその奥様と二人のお子さんが住んでいらっしゃる。夜になるとね、ごろごろという大きな音がして天井からざんばら髪の女の頭が降りて来るんだ。そいつは、死人のような青い顔で髪は泥に汚れて、ごみがからみついてひどいありさまだ。その女が恐ろしい声で叫ぶんだ」

――髪を洗えぇ、髪を洗えぇ。

お蕗は顔をしかめ、腹の底から絞り出すような声をあげた。

梅乃は思わず体を縮めた。怖がりの癖に恐ろしいものが大好きな紅葉は身を乗り出した。「そいつは臭い匂いがするんだろ」

「もちろんだよ。目は釣りあがって口も耳まで裂けている」

お蕗はよく聞いてくれたという顔になる。

「女たちが汚れた髪を洗うんだ。ひどく汚れているから、きれいに洗いあげると朝方近くなる。それで女はおとなしく消えていく。それが毎晩なんだ」

「女中さんたちは大変だわねぇ」

恐ろしいより、女たちの苦労のほうが梅乃は気になる。

「どうして、そんな女が出て来るようになったんだ。なにか恨みを買うようなことをしたのか？」

「それが分からないんだ。なぜか突然現れた。だから不思議だ」

お蕗がまじめな顔で答え、紅葉もうなずく。

その少し後、梅乃が庭を掃いていると紅葉が懐手《ふところで》でやって来た。

「例の髪洗え女の話だけどさ。その女が出るっていうお屋敷を見に行きたいと思わないか。根津なら近いしさ」

「ううん、そうねぇ」

梅乃は空を見上げた。初夏の明るいお日様は真上で輝いている。夕餉《ゆうげ》の支度にはまだ少し間がありそうだ。

「不忍池の縁に沿って行けばすぐだよ。絶対、面白いよ」

紅葉は梅乃の袖をつかんでぶんぶんと振る。

それで、梅乃もついいっしょに行くと言ってしまった。

如月庵の前の坂道を下って上野広小路に出て、それから先は不忍池を右に見ながら歩いて行けば、根津はすぐそこだ。根津神社の手前の坂道を上りきった先が小石原様の上屋敷である。

近くまで行くと、物見高い見物人が集まっていた。

「お、姉さんたちも髪洗え屋敷を見に来たのかい？　髪洗え女はまだ出ねぇよ。出るのは夜中だ。それまで俺と一杯やりながら待たねぇか」

職人らしい若い男が紅葉の丸く突き出た胸のあたりを見て言った。十八歳の紅葉は目尻のさがった眠そうな目とぽってりと厚い唇をしている。首も手足も細いのに胸だけが大きくて、その胸に引き寄せられるように男たちが近づいて来る。

「知っているよ。いいんだ、お屋敷を見に来ただけだから」

紅葉はそっけなく答えた。

町を歩くと、紅葉はよく男たちに声をかけられる。

やせて胸も腰も平らな梅乃には声をかけない。それは、もう、笑ってしまうほどはっきりしていた。

小石原家の上屋敷は五万石の大名家にふさわしく、石垣や生垣で囲まれた立派な造りだった。木立が生い茂っているので中の様子はうかがえないが、たくさんの部屋がある屋敷のほかに広い庭や蔵や藩士たちの長屋があるのだろう。

「髪洗え女はどの部屋に出るのかしら」

梅乃はつぶやいた。

「そりゃあ、殿様の寝ている部屋だよ。きっと殿様に恨みを持つ女なんだろうね」

近くにいた女が言う。

「奥方をやっかんだ女かもしれないよ。なにしろ、今の奥方は殿様よりも二十歳も若くて、たいそうな美人だそうだから」

「その奥方様は恐ろしさに寝込んでしまって、女中たちも逃げ出した。殿様と古くからいる女中が物の怪の相手をしているそうだ」

見物人は見て来たように、あれこれと噂をする。

「腕の立つお侍がやっつければいいのに」

梅乃の言葉に近くの男が断言した。

「なに言っているんだよ。向こうは妖《あやかし》だよ。物の怪だ。槍で突いても血が出ないし、刀で斬っても死なないんだ」

「そりゃあ、大変だ」

紅葉はぶるぶるっと震えた。


旗本家の嫡男で、和算の名門、明解塾《めいかいじゆく》の師範代を務める城山晴吾《しろやませいご》と、勘定奉行の息子で十歳の真鍋源太郎《まなべげんたろう》は、毎朝、剣道の朝稽古に向かうため、坂道を上って来る。紅葉は晴吾に「おはようございます」と言いたいために、朝の掃除を買って出ている。梅乃も、それにつきあわされている。

紅葉は二人を見ると、朝の挨拶もそこそこに、さっそく髪洗え女の話をした。

「ざんばら髪の若い女の頭が天井から降りて来て、『髪を洗え、髪を洗え』って叫ぶんだよ。怖いねぇ」

「知っていますよ。髪を洗うと消えるんでしょ。だけど、その話は少し変ですよ」

源太郎が賢そうな顔で答える。

「ええ、どこがぁ」

思わず紅葉が不服そうな声をあげた。

「だって、天井から女の頭が降りて来るわけでしょ。体ごとなら女の半身がって言うはずだし、首が伸びて頭だけだったら、ろくろっ首って言いますよ。そのあたりの説明がないのが変です」

さすが明解塾で学んでいる秀才である。言うことに筋が通っている。

隣で晴吾はにこにこと笑って聞いている。

「髪を洗うっていうけれど、その湯はどうしているんですか？　座敷が水浸しになりませんか？　女中たちは逃げ出したんですよね。それなら今、だれが洗っているんでしょう。まさか、奥方様じゃあ、ないですよね」

源太郎は次々と問いかける。

「ううん。そんなことを言ったら物の怪は出て来られないじゃないか。いろいろ、辻褄が合わないところがあるから妖なんだよぉ」

紅葉は降参する。

「ははは」

晴吾は白い歯を見せておおらかに笑った。

「私が聞いたのは、たしか髪を振り乱した女の幽霊が出るって話だったと思いますよ。いつの間にか尾ひれがついてしまいましたね」

晴吾も、はなから幽霊話を信じていないらしい。

二人は軽い足取りで道場に向かって行く。

紅葉はその後ろ姿を眺めながらつぶやいた。

「和算と妖は相性が悪いんだな、きっと」

第一夜

源太郎、母に会う

1

湯島天神の近くに、おばあさんが営んでいる駄菓子屋がある。飴玉やにっき棒、酢いかなどを買いに近所の子供がやって来る。梅乃と紅葉も、この店に行くのが楽しみだ。

いつものように二人が駄菓子屋に行くと、源太郎の姿があった。傍の石に腰をおろして一人で酢いかをしゃぶっている。青葉に染まったその背中は丸まって、なんとなく元気がなかった。

「源太郎さん、こんにちは」

梅乃は声をかけた。

「ああ、梅乃さんに紅葉さん、こんにちは」

振り返った源太郎はいつもの明るい笑顔を見せた。

「お、源ちゃんは今日も酢いかか。うーん、どうしようかと迷っていたけど、やっぱりあたしも酢いかにするよ」

紅葉は晴吾といっしょのときは源太郎さんと呼ぶのに、源太郎が一人のときは源ちゃんと呼ぶ。紅葉は酢いかを、梅乃は色の変わる飴を買って源太郎の横に座った。

「あんたさぁ、なんか、心配事があるんじゃないのか。お姉さんが聞いてやるよ」

　先輩風をふかせて紅葉がたずねた。

「いや、別になんにもないです」

　源太郎は口ごもる。

「学問はどうなんだ？　いじめられたりしていないのか？」

「大丈夫です。みんなやさしくて……、私は学ぶことが大好きですから。毎日、好きなだけ勉学に時間を使えるのは本当に幸せなことだと思います」

「源太郎さんは勉学が好きだものね」

　梅乃が言う。

「うん。立派だよ、本当に」

　紅葉もうなずく。

　そろばんで簡単な計算ができれば十分、それ以上は学ぶ必要がないと思っていた二人だったが、如月庵のおかみであるお松《まつ》の言いつけで晴吾に和算を習っていたことがある。和算を学ぶと、物事を順序だてて考えられるようになる。他人の意見や世の風潮に流されず、自分で考える力が育つというのが、その理由だった。

憧れの晴吾に教わるというので紅葉は張り切った。梅乃もまじめに晴吾の教授を受けた。だが、晴吾に何度説明してもらっても、鶴と亀の足を数えることができなかった。円とか、三角とか、図形の問題となると、お手上げである。

そういう二人にとって、和算が大好き、問題を解くのが楽しいという源太郎は別の世界の人である。元から、頭の出来が違うのだと思っている。

「じつは、女中さんたちが廊下でこそこそ話をしているのを耳にしてしまったんです」

源太郎が重い口を開いた。

「うん、うん。……つまり、それはどういうことだ？」

紅葉がたずねる。

「どうやら葛飾《かつしか》の母の具合が悪いらしいのです。でも、私が心配するといけないので、私には報せないよう真鍋の父母に伝えたそうです」

葛飾の母とは源太郎の産みの親、葛飾で一人で暮らす志津《しづ》のこと。真鍋の父母とは養父母の宇一郎《ういちろう》と展江《のぶえ》を指す。

七十俵五人扶持のお徒歩《かち》衆の子として生まれた源太郎は、父を亡くし、二年前に、叔父である真鍋宇一郎の養子となった。宇一郎自身も幼いころに五百石旗本、真鍋家の養子となり、その後異例の出世を遂げて、今や三千石の勘定奉行となった人だ。

「なるほど。おっかさんは源ちゃんのことを思って、そう言ったんだね」

紅葉がうなずく。

「でもね、私はそんな風に隠し事をされるのが嫌なんです。もう、子供ではありません。取り乱したりはしないんです。本当のことを教えてもらいたいんです」

「そうね。もっと源太郎さんのことを信頼してほしいわよね」

「はい」

源太郎は賢そうな目をして答えた。

「お母様にそのことをたずねてみた？　たまたま、こんなことを耳にしたけど、本当のところはどうなんですかって。展江様はちゃんと答えてくれると思うけど」

梅乃は言った。

「いや、でも……」

何事にも控えめな志津の性格を知っている源太郎は口ごもる。

「大丈夫よ。展江様は思いやりのある賢い方だから。こういうことは、はっきりしておいたほうがいいでしょ」

梅乃は以前、展江に会ったことがある。

源太郎が葛飾の母とともに、真鍋家に顔合わせに来たとき、源太郎は宇一郎に逆らい、ほとんどまとまっていた養子縁組の話がなくなりそうになったのだ。梅乃が誤解を解くため、真鍋家に向かった。

展江の年は四十に手が届くくらいだろうか。髪に白いものが交じり、目尻にはしわがあったが、それでもなお武家の妻女らしく凛として、気品のある美しい人だった。

話の分からない人ではない。源太郎の気持ちをくんでくれるだろう。

「……そうですね」

源太郎はまだ迷っている。

「それにね、これからも、きっと相談したいことや助けてほしいことが起こると思うの。宇一郎様に直接言えないことも、展江様を通してなら伝えられるでしょ。素直な気持ちを伝えることも大事だと思うわ」

梅乃が言うと、紅葉もうなずいた。

「なんか梅乃が偉そうなことを言っているけど、まぁ、源ちゃんはどっちかって言うと自分であれこれ考えて煮詰まるほうだね。案ずるより産むが易しってことだよ」

紅葉が酢いかをしゃぶりながら言った。

「そうですね。そうします」

源太郎の顔にやっと笑みが戻った。

如月庵に戻ると、お客の髪を結うための髪結いが来ていた。いつもの人とは違って、新しく見る顔だった。

「お吉《きち》っていいます。よろしくね」

四十がらみの細面で色白のきれいな人である。

お吉は畳に渋紙を広げ、櫛やはさみなどを道具箱から取り出して準備をしていた。櫛だけでも十数本あり、それぞれ歯の形や長さ、柄の長さが違った。

梅乃は思わず見入ってしまった。

「たくさんあるだろう。最初、髪をほどくときに使うのは、この荒櫛《あらぐし》。幅広で歯と歯の隙間が開いているものだ。長くて細い歯がのびているのは五本歯《ごほんば》っていって鬢《びん》を膨らますときのもの。べろが出てるのは前髪押《まえがみおさ》えで前髪を大きく膨らますときに使うんだ」

「櫛だけでも、こんなに種類があるんですね」

「ほかにも、はさみとか、へら、髪の毛が少ないときに使うかもじなんかもある」

「それじゃあ、髪結いさんの修業は大変ですね」

「そうだよぉ。最初は掃除に洗濯、姉さんたちの道具を用意するところから始まるんだ。やっと髪に触らせてもらえるようになっても、最初はお客さんの髪を解《ほど》くだけなんだよ。結い方を習うのはその後だ」

お吉は荒櫛を手に取った。

「髪を解くって言ってもさ、鬢付け油でがっちり固めてあるから、コツがいるんだ。無理に引っ張ったら痛いし、大事な髪が抜けちまうからね。とくに、お年を召した殿方のときは、こっちも気を遣うね。あたしも、修業中のころは、なんで毎日、毎日、こんな仕事をしなくちゃならないんだろうって思っていたけど、ちゃんと意味があるんだよ。頭の形、地肌の具合、髪の癖なんかも人それぞれだからね。きれいに格好よく結えるようになるまでは、それなりの時間がかかるよ」

お吉はやわらかな布で櫛をふきながら言う。

「そうなんですね。おっかさんが髪結いだったのですけど、私が七つのときに亡くなったので仕事の話はあまり聞いたことがなかったんです」

「そうかい。おっかさんには死に別れたのか。そりゃあ、気の毒にねぇ。おとっつあんも髪結いだったのかい？」

「いえ、おとっつあんは和菓子職人です。上野で小さな店をやっていて、大福とか饅頭がおいしかったんですよ」

「和菓子職人かい。そりゃあ、いいね。今もお元気なのかい」

「いいえ。おとっつあんは五年前の火事で亡くなりました。だから、今は二つ上のお園《その》っていう姉が身内です。姉はしっかり者なので、頼りになります」

お吉はふっと顔をあげると、梅乃の顔を眺めた。

「あんた、たしか梅乃って言ったね、生まれはどこだい？　おっかさんの名前はなんていうんだ？」

「生まれは深川《ふかがわ》です。おっかさんの名前は、京《きよう》です。だから、菓子屋の名前も京屋っていったんです」

京という名前を聞いた途端、お吉は大きく目を見開いて梅乃をじっと見つめた。

「……そうか。あんたはお京ちゃんの娘さんか。……大きくなったねぇ」

「お吉さんは、おっかさんのことをご存じなんですか」

梅乃は驚いてたずねた。

「知っているなんてもんじゃないよ。深川の同じ店で働いていたんだよ。あんたのおっかさんはね、手際がよくて仕事がていねいで、その人その人に似合う頭に結えるんだ。だから、いいお客さんがたくさんついていた。和菓子屋さんといっしょになるって聞いたときは驚いたけど、でも、とってもいい人だって聞いてね。よかったねってみんなでお祝いをしたんだよ。……そうか、あんたはお京ちゃんの娘さんか。世間は狭いねぇ」

お吉は笑って梅乃の顔をもう一度眺めた。

「あんた、きっと顔はおとっつあん似だよ。でも、声はおっかさんにそっくりだ。どっかで聞いたことのある声だなぁって思ったんだ」

「顔が似ているのはおねぇちゃんの方です。色白できれいな二重の美人顔なんです」

「そうかい、そうかい。だけど大丈夫、あんたもかわいらしいよ。うん、うん……お京ちゃんの娘さんかぁ。……そうだねぇ。お京ちゃんはかわいそうなことをしたよね。あたしは今でも、信じていないよ。あんなこと、お京ちゃんに限ってあるわけないもの……」

「……なんですか、あんなことって。おっかさんは流行り病で亡くなったんですよ」

梅乃が言うと、お吉ははっとしたように言葉に詰まった。

「あ、そうだった。そうだよ。困ったねぇ。あたしの勘違いだった。さぁ、お客さんのところに行かなくちゃ」

あわてたように道具をしまい始めた。もう、それからは、梅乃がなにをたずねても生返事で、忙しそうに去って行った。

梅乃はその後ろ姿を見送った。

お吉はなにを言おうとしたのだろう。

かわいそうなこととは、どういうことなのか。

梅乃は母の死に顔を見ていないことを思い出した。

梅乃はそれからもずっとお吉の言葉が気にかかっていた。考え出すと心がざわついた。

仕事の手が空いたのを見計らって、本郷の町医者、宗庵《そうあん》の医院で働いているお園をたずねた。

お園は裏庭いっぱいに干した包帯や襁褓《むつき》を取り込んでいるところだった。患者が使った包帯や襁褓はお園たち女衆が毎日、きれいに洗濯して日にあてて干す。大人の襁褓は赤ん坊のものよりも幅が広くて長い。それを洗って干して、畳むのは大変な仕事だ。

「おねぇちゃん、ちょっと教えてほしいんだけど」

「うん、なんのこと？」

お園は洗濯物を取り込む手を休めずに答えた。

「今日、如月庵に新しい髪結いさんが来たの。その人はおっかさんと同じ店で働いていたんだって。その人が変なことを言ったんだよ。おっかさんはかわいそうなことをしたって。あんなこと、お京ちゃんに限ってあるわけないって。ねぇ、おっかさんは流行り病で死んだんでしょ。そうじゃないの？」

お園の返事がなかった。

「おねぇちゃんは、なにか知っているの？」

お園の背中が板のようになった。すぐにくるりと振り向いた。

「なんでそんなこと、急に言い出すのよ。

おとっつあんも、そう言っていたじゃないの」

「だけど……、私はおっかさんの死に顔を見ていないし……」

「あんたねぇ、あたしは今、忙しいの。見れば分かるでしょ。洗濯物を取り込んで畳んで、それから患者さんの夕餉があるのよ。暇なあんたの相手なんかしていられないから」

お園は洗濯物を入れた籠を抱えて家の中に入ってしまった。

竿竹にはまだ包帯や襁褓がたくさん残っているのに。

梅乃は如月庵に戻った。歩きながら、少しずついろいろなことが思い出された。

父とお園と梅乃が家で母の帰りを待っていると、知り合いが来て、父はあわただしく出て行った。

その後、梅乃とお園はどこかの家に預けられた。おじさんとおばさんとお園や梅乃と同じくらいの年の女の子が二人いた。その家でご飯を食べて、夜は二人の女の子と同じ部屋で寝た。

どれくらいの間、その家にいたのだろうか。

ある日、父親が迎えに来た。

ずいぶんやせて疲れた顔をしていた。別の人のように見えた。

――新しい家に引っ越そうね。

父は言った。

――お母ちゃんは？　その家にはお母ちゃんもいるんでしょ？

梅乃はたずねた。

――ああ、そうだね。今はいないけれど、じきに戻って来るよ。

父は答えた。

あのとき、父はそう答えたのだ。それからずいぶん経って、母が流行り病で死んだと聞かされた。梅乃はその言葉をずっと信じていたのだけれど。

梅乃は懐からお守り袋を取り出した。赤いちりめん地で手作りした巾着袋で、中には下谷《したや》神社のお守りと小さな透き通った緑の石が入っている。石は親指の先ほどの大きさで、もともと母は根付にしていた。同じものをお園も持っている。

梅乃は緑の石を光に透かした。明るく輝いて見えた。

お吉の言葉はそれから後もずっと梅乃の頭から離れなかった。夜、仕事を終えて溜まりで休んでいるとき、紅葉がたずねた。

「梅乃、あんた、なんかあったの？　浮かない顔をしているよ」

「うん、だからね……」

お吉から言われたことが気になって、お園に確かめに行ったことを話した。

「おねぇちゃん、なんかさ、いつもと違って怖かった」

傍で話を聞いていたお蕗が言った。

「梅乃、あんた、今さら、そんな昔のことをほじくり返してどうするつもりだよ」

「えぇっ、だって、私はただ、本当のことが知りたいだけよ。お吉さんもおねぇちゃんも、なんだか変だもの」

「流行り病で死んだんだって、おとっつあんが言ったんだろ。だったら、それでいいじゃないか。そのままにしておきな。世の中には知らなくていいこともあるんだ。お園さんだって今さらそんなことを聞かれても困るよ。桂次郎《けいじろう》さんのこともあるんだし」

「桂次郎さんのこと？」

梅乃は聞き返した。

桂次郎は長崎《ながさき》で医術を学び、宗庵の元で修業を積んでいる若者だ。研究熱心で優秀な医者だと宗庵も太鼓判を押す。しかも姿がいい。背が高く、眉が濃くて、力のある黒いきれいな目をしている。

「お園さん、いくつになった？」

お蕗がたずねた。

「十九だよ。あたしのひとつ上だから」

紅葉が梅乃よりも先に答える。

「いい年ごろじゃないか。それに桂次郎先生はこの夏、宗庵先生の修業を終えて、実家の医院に戻るらしいよ」

「桂次郎さんの家はお医者様だったんだ」

紅葉が大きな声をあげた。

「小田原《おだわら》で代々続くお医者さんの家なんだってさ。自分は蘭方の医術を学びたいって長崎に行ったんだ。だからね、桂次郎さんがここを去るとき、お園さんはどうするんだろう、二人の間になにか約束ができているのかって、あそこの女衆は気にしているんだ」

噂を聞き集めるのが得意なお蕗は梅乃よりもよっぽど事情に詳しい。

「そんなこと、おねぇちゃんは一言も教えてくれない」

「身内ってのはそういうもんだよ。お園さんは美人で気立てもいいし、働き者だ。患者さんからも信頼されている。あたしはお似合いの二人だと思うよ。うまくいけばいいなって思ってる。だけどさ、桂次郎さんのご両親はどう思うかな。桂次郎さんなら、どんな立派な家のお嬢さんもお嫁さんに迎えられるよね。いい相手なら出世の道が開けることもある」

「桂次郎さんはそういう人じゃないよ」

紅葉が頰を膨らませて強い調子で言った。

「分かっているよ。桂次郎さんは違うよ。だからさ、親御さんがどう思うかって言っているんだよ。こんなことを言ったら申し訳ないけど、あんたたちのおとっつあんは菓子屋でおっかさんは髪結い。二人とも亡くなって、もういない。身分違いだって言われたってしょうがないだろ」

　梅乃は黙った。

　言われてみればその通りだ。

「じゃあ……、どうなるの？」

「さあねぇ。だけどさ、あたしの知り合いにも同じような人がいた。医院で働いて、若先生のために心を尽くしていた。だけど結局、若先生は大先生が紹介したお嬢さんといっしょになって、今じゃ、お大名の脈をとっている」

「その女の人は、今、どうしているの？」

　梅乃がたずねた。

「その後もずっと先生の傍にいて、女衆の一人として医院を手伝っている。奥様とも仲良しで、頼りにされている」

「嫌だよ。淋しいよ、そんなの」

　紅葉が口をとがらせた。

「だって仕方ないじゃないか。その人と先生は最初から住む世界が違うんだから」

梅乃はのどの奥が辛くなった。

桂次郎のことをたずねたら、お園もきっと同じようなことを言うだろう。

――そんな夢みたいなこと、考えたことないわよ。

裏庭で風に翻っていた白い包帯や襁褓が目に浮かんだ。お園たちが毎日洗濯して畳み、いつでも使えるよう準備しているのだ。

一日だって欠かせない大切な仕事だ。

だけど……、そんな風に汚れ物を扱う人を世間では下に見る。大事な仕事をしている人より、座ってお茶を飲んでいる人のほうが偉いのだ。

それは、なぜだ。どうしてなのだ。

梅乃は唇を噛んだ。

2

源太郎は悩んだ末、葛飾の母、志津のことを養母である展江に確かめた。展江は快く教えてくれた。幸い、大きな病気ではなく、すでに快復していたそうだ。

まさしく「案ずるより産むが易し」だったのだ。

　しかも、その話を聞いた養父、真鍋宇一郎は、いい機会だから一度志津を江戸に呼んだらどうかと言ってくれた。源太郎が江戸に来て二年が経つが、その間、一度も志津と会っていない。健やかに育った姿を見てもらえと誘ったのだ。

　宇一郎自身は成人するまで実母に会えなかったそうだ。そのことがずっと心にかかっていたので、源太郎には同じ思いをさせたくないと言った。

　若葉が光るような気持ちのいい日、志津は如月庵にやって来た。まだ、明けやらぬ早朝に葛飾を発ち、一人で歩いて来たのだ。

「よろしくお願いいたします」

　志津は部屋係の梅乃にまで、ていねいに頭を下げた。

　今も葛飾で借りた畑で作物をつくり、自分の暮らしを立てている。顔や手は陽に焼けて、細いけれど力のありそうな腕をしていた。旅衣は地味な藍の木綿の着物だった。傷んだ場所は繕い、継をあて、大切に着ていることがうかがわれた。

　志津は美しい人だった。涼しい目元とふっくらとした唇に品があり、作法通り、背筋を伸ばして座った姿は凜としていた。

「近所の方には、せっかく江戸に行くなら、もう少し華やかな着物を着たらと勧められましたが、これが私の晴れ姿です。母は毎日畑を耕して、健やかに過ごしています。そのことが母の自慢、なにも心配することはないと源太郎に伝えたいのです」

志津は笑みを浮かべた。

部屋は二年前と同じ、窓から不忍池がよく見える二階の部屋だ。

「まぁ、上野のお山の緑がきれい。それに、お部屋も調えられて。たしか以前、まいりましたときもこのお軸でしたね」

「はい。鯉が滝を登り、龍となって天に昇るという中国の故事にちなみ、床の間の掛け軸は滝を登る鯉の姿を選ばせていただきました。また、花はつんととがった紫のつぼみが天を指す花菖蒲《はなしょうぶ》です。『菖蒲』の音が『勝負』に通じる、葉の形が剣に似ているとお武家様で好まれるものでございます」

梅乃の説明に志津は小さくうなずきながら耳を傾けていた。

「二年前、お二人がこちらにいらしたことを私もよく覚えております。源太郎さんは、お部屋の隅で和算の本を眺めていらっしゃいました」

「そうでした」

志津は遠くを見る目になった。源太郎は体が小さく、手足はやせて細かった。けれど、黒い瞳はきらきらと光って利発そうだった。父の手引きで和算に興味を持ち、大人も首をかしげるような難しい問題を解けるようになっていた。

「源太郎はすぐ風邪をひいて熱を出す子供でした。外遊びをするより、家の中で本を読むことを好みました。ですから、真鍋様の家にあがるという話があったとき、私が、一番に心配したのは、あの子が病気をせずにやっていけるかということです。無事に二年を過ごすことができたのは、展江様はじめ、みなさまのお心遣いがあったからと感謝しております」

そう言って志津は涙ぐむ。

そのとき、襖が開いて源太郎が姿を見せた。毎朝、剣道場で稽古に励んでいるせいか、源太郎は二年前とは見違えるように背が伸びて、体つきもしっかりとしてきた。顔も日に焼けて少年らしくなっている。

「母上、お久しゅうございます」

「まぁ、源太郎。立派になって」

一瞬、志津の目が大きく見開かれた。すりよって源太郎の手をとると、大粒の涙をほろほろとこぼした。

「こんなに大きく立派になって、母はうれしいです。ねぇ、もっとちゃんと顔を見せてください」

志津は源太郎の顔を両手ではさみ、のぞきこんだ。

「ご飯はちゃんと食べていますか。朝は一人で起きられますか。周りの人に迷惑をかけてはいませんね」

「はい……」

源太郎はうれしいというより、少しくすぐったそうな顔をしている。

「母上、真鍋の父も母も待っていますから、あちらへ向かいましょうか。私が案内をいたします」

「ええ、ええ。そうですね。そうしましょう。でも、もう少し、このままに」

志津は源太郎の手をしっかりと握り、顔を見つめている。

梅乃はそっとその場を去った。


その晩、源太郎と志津は真鍋家で会食をし、夜、戻って如月庵に泊まることになっている。

「久しぶりに息子に会って、お母さんはどうだった？　二人の話ははずんでいたか？」

梅乃が板場に行くと、板前の杉次がたずねた。

「それはもう。志津様は大粒の涙をこぼしていました」

「そうだろうなぁ。お母さんは葛飾で一人暮らしなんだろ。息子の幸せのためとは思っていても、やっぱりちょいと淋しいわなぁ」

　杉次はうなずく。

「志津様をこちらに呼ぶなんて、真鍋様も粋な計らいをしてくれますね」

　梅乃が言った。

「ああ、あの方はご自分も養子の身だったから、源太郎さんやお母さんの気持ちが分かるんだね。世間じゃ厳しい方だって噂するけど、細やかな心遣いもできる。あいう人が上にいれば、下の者は働きがいがある」

「私はね、志津様のお顔を見たら、源氏物語の明石《あかし》の君を思い出したよ」

　その場にいた桔梗も話に加わった。

「明石の君もお子さんと離れたんですか？」

　梅乃はたずねた。武家の生まれの桔梗は物語や詩歌についてよく知っている。季節の行事のいわれや花についての物語を梅乃たちに教えてくれるのだ。

「そうだよ。源氏の君と出会った明石の君は女の子を産む。母子《ははこ》は都に移り住むんだけど、源氏の君の奥方に子供がいなかったから、かわいい盛りの娘を養女に出すんだ」

「お子さんには会えたんですか？」

「いや。会えたのは娘が十一歳で入内するときだ。源氏物語に出て来る女の人は悲しい運命の人が多いんだけど、明石の君はその中でもとくにね」

桔梗は悲し気な顔になる。それは志津のことを思ってか、それとも物語のことなのか。


翌朝、朝稽古を終えた源太郎が志津の元を訪れた。

志津は朝の膳を待っているところだった。

「おはようございます。母上は昨日はよく眠れましたか。旅のお疲れは残っていませんか？」

「やわらかなお布団にくるまってぐっすり眠って、もうすっかり元気です。今、ちょうど朝餉をいただくところです」

志津はたちまちとろけそうな顔になる。

「源太郎さんもごいっしょに朝餉をいかがですか？　杉次が用意をしております」

「ありがとうございます。でも、私は真鍋の家でも食べて来たんですよ」

「でも、今日は源太郎さんのお好きな金目鯛の煮つけですよ。それにお母様も、お相手がいるほうが楽しいですよ」

梅乃が言うと、志津もうなずいた。

「そうですよ。朝稽古の後なのでしょう。食べられますよ」

「それでは、私もお願いします」

源太郎は元気な声をあげた。

梅乃は金目鯛の煮つけと青菜のごま和え、大根の漬物、あさりのみそ汁にご飯をのせた膳を運んだ。杉次は金目鯛をやわらかく、しかも中までちゃんと火が入っているという加減に、しょうゆとみりん、砂糖の甘じょっぱいたれで煮ている。赤い皮はつやつや、てりてりと光って、箸を入れると中は脂ののった白い身だ。ご飯によく合うおいしさだ。

源太郎は金目鯛を食べ、ぱりぱり、しゃきしゃきといい音をさせて大根の漬物や青菜のごま和えを食べ、また金目鯛に戻り、最後は茶碗に半分ほどご飯を入れてもらって金目鯛のたれをかけて食べた。

「ああ、お腹がいっぱいだ。はちきれそうだ」

源太郎は声をあげた。

「二年前、こちらで朝ごはんをいただいたときも、源太郎はそんな風に言いましたよ。私もこれから先、どうやって暮らしていこうかと胸がつぶれるほど心配だったのに、食べているうちに元気が出ました。なんとかなると思えたんです」

志津は笑みを浮かべた。

「なんとかなりましたね」

源太郎がいたずらっぽい目をした。

「それはこちらの宿の方々が動いてくださったからですよ」

志津が言う。

あのとき、如月庵に来て間もなかった梅乃は杉次のつくった柏餅《かしわもち》を持って、宇一郎の取り成しを頼もうと展江をたずねたのだ。

「あのときは私もどきどきしました」

梅乃の言葉に源太郎は深く頭を下げた。

「ありがとうございます。本当に心よりお礼を申し上げます」

そう言った志津の目がうるんでいたので、梅乃は少しあわてた。

「ところで、今日はどちらかにお出かけをなさいますか?」

「真鍋の父からは江戸見物にでもお誘いするようにと言われております。芝居見物などはいかがですか?」

源太郎がたずねた。

「私は源太郎といっしょにいられれば、それでいいんです。源太郎が行きたいところはないのですか」

志津がたずねる。源太郎は困った顔になった。

「そう言われても……」

「それなら源太郎がいつも学んでいる場所に連れていってください。学問所とか、道場とか。中まで入らなくてもいいのです。建物を外から眺めるだけで。そうすれば、私はどういう場所で源太郎が励んでいると知ることができますから」

「明解塾や道場ですか……」

「母が行くのは困りますか？」

「いや、そういうことはないんですけど……」

歯切れが悪い。

恥ずかしいのかもしれないと、梅乃は思った。母親といっしょにいるところを朋輩に見られたら、後でなにか言われるかもしれない。そういう年ごろである。

「でしたら算額のある神社はいかがですか？　源太郎さんが最初にこちらにいらしたとき、晴吾さんと向かった場所です」

梅乃が言葉を添えた。

「算額？　和算の問題を書いた額のことですよね。ああ、そうでした。思い出しました。源太郎は葛飾にいるとき、大人に交じって難しい算額の問題に取り組んでいました。こちらにも、そういう場所があるのですね」

算額というのは、額や絵馬に図形など和算の問題やその解き方を書いて神社などに奉納したものだ。自ら考案した難問を奉納する者がいれば、解いた答えを奉納する者もいる。和算好きが集い、交流する場でもある。

源太郎の顔がぱっと輝いた。

「ああ、そうだ。そこがいい。母上、この近くには算額で有名な神社があるんですよ。そちらにご案内をいたします」

梅乃が供になり、三人で算額のある神社に向かうことにした。

如月庵の前の坂道をまっすぐ上り、湯島天神を通り過ぎてさらに進み、小道を右に折れると鳥居が見えて神社があった。源太郎は慣れた調子で本殿に続く小部屋の戸を開いた。

「まぁ、額がいっぱい」

志津は声をあげた。

壁面を埋めるように算額が掛けられている。正面の大きな額には、三級、二級、一級、初段と四つの問題が書かれていた。文章だけのものもあるし、四角の面積や三角の辺の長さを問うものもある。

「これは私が学んでいる明解塾の塾長が出した問題です。決められた期間内に五回続けて正解を出せば順位が上がります」

「源太郎もこの問題に取り組んでいるのですか。こんな難しい問題をあなたが解いているんですね」

志津は大きなため息をついた。

「はい。親しくさせていただいている晴吾さんという方や、ほかの朋輩と解いています。難しいものは何日も考え続けます。そうしてある日、ぱっと解が閃くんです。そのときは、本当に気持ちがいいんです。躍り上がりたくなります」

「そうですか。そうなんですね。あなたの父も和算の問題を考えるのが好きでした。場所もいらない、紙も算盤もなければないで構わない。和算の問題を考えていれば、何時でも退屈せずに過ごせると言っていました。あなたがこんな風に和算に取り組んでいるのを知ったら、父はさぞかし喜んだことでしょう」

そう言った志津は少し悲しそうな顔になった。

出納帳《すいとうちょう》をつけたり、田畑を測量する役職ならともかく、警護役のお徒歩衆には和算の腕を発揮する場所はない。朋輩と親しくつきあうこともせず、いつも一人で考え事をしている宗二郎《そうじろう》を、周囲は頑固な変わり者と見ていたという。

そのため、みんなが嫌がる辛い仕事を押し付けられることも多かった。みぞれの降る寒い日に石段に座って主君を待って風邪をひき、休むことを許されず、大病につながったという。志津にとって和算は夫を奪ったものでもあるのだ。

「ひとつ、解いてみましょうか」

源太郎は一級の問題を指さして明るい声をあげた。

それは四角と三角、円を組み合わせた図形の問題だった。源太郎は懐から矢立《やたて》と紙、小さな算盤を取り出した。

「母上、この円の径の長さを見てください。これは、こちらの三角の辺と関わりがあるのです。ここに一本、このように線を引きます。そうしますと、ほら、分かりやすいでしょう」

目を輝かせて解説をする。

申し訳ないが、梅乃にはさっぱり分からない。志津も同じだろう。けれど、志津は目をうるませて、源太郎の説明を熱心に聞いている。

「母上、私の和算の話は面白いですか？」

「もちろんですよ。源太郎の一言、一言を母は心に刻み付けていますから」

志津は源太郎の手に自分の手を重ねた。

二年前、如月庵にやって来たときの源太郎は、幼く、頼りない様子をしていた。部屋の隅に座って熱心に和算の本を眺めていた。その首筋が細く、叔父とはいえ他人の家で暮らすのがかわいそうな気がした。

しかし、今、源太郎は活発で利発な少年の顔をしている。背も伸びて、体に肉もついた。将来は晴吾のようなすがすがしい若者になって養父の背中を追いかけるのだろうか。

そうした源太郎の成長を志津はどのような思いで眺めているのか。

神社を出て湯島天神にお参りをしたがまだ時間はたっぷりある。志津が浅草《あさくさ》に行ったことがないというので、浅草見物に行くことにした。

辻駕籠に乗るというと、志津がもったいないと言い出したが、歩いては大変だからと、駕籠を呼ぶ。

「まぁ、本当にこの大きな真っ赤な提灯があるんですね。話に聞いた通りです」

風神、雷神のある朱塗りの風雷神門を眺めて、志津は大きな声をあげた。

みやげ物屋や茶店が並ぶ仲見世をひやかしながら浅草寺に向かう。

「父上が生きていたときは私たちも江戸住まいだったのですよ。それなのに母上は浅草がはじめてだったのですね」

「だって、お前の父は人ごみが嫌いだというから。それに、いつでも来られると思っていましたから」

観音様にお参りし、おみくじを引いた。

源太郎は末吉だった。

「まぁ、これから、まだまだ素晴らしいことが起こるということですよ。よく精進なさいませ」

志津は自分のことのように喜ぶ。その志津が引いたのは大吉だった。

「まったくその通りです。これ以上の幸せはありません」

何度もうなずいた。

帰りも仲見世通りを歩くと、甘い香りに誘われた。

「小腹が空きましたね。茶店で一休みしましょう」

志津が言う。

そこは揚げ饅頭が名物だった。饅頭に天ぷらのようなころもをつけて、ごま油でからりと揚げている。茶店の床几《しょうぎ》に腰をかけると、志津がさっそく注文した。

「お茶を三つと揚げ饅頭を五つ。大丈夫、ここは私が持ちますから」

志津が源太郎に告げる。

すぐに湯気のたつお茶と揚げたての饅頭が運ばれて来た。ころもはこんがり、きつね色だ。さっそく三人で手を伸ばした。皮はさっくりとして、中のあんこは熱くて甘い。とろりと口の中に広がった。

「甘い、甘い、はふ、はふ」

「はふ、はふ。おいしいですね。お腹にたまりますね」

源太郎も梅乃も二個をぺろりと食べてしまった。志津はひとつをゆっくりと味わっている。

「もうひとつぐらいいけそうですか？　でも、そんなに食べたらお夕飯が入らなくなりますね」

三人はそんな話をした。

「源太郎、今日の記念になにか買ってあげましょう」

お茶を飲みながら志津が言った。

「大丈夫です。母上。必要なものは真鍋の家で用意してもらっていますから、欲しいものはありません」

源太郎が断ると、志津は淋しそうな顔になった。源太郎はあわてて言った。

「それでは、私が母上におみやげを買って差し上げましょう。なにか今日の記念になるものがよいですね」

「私にですか？　源太郎が私にみやげを買ってくれるのですか？」

志津は驚いたように大きく目を見開いた。

「さっき来るときに見かけたのですが、お数珠はいかがですか。お守りになるそうですよ」

「お数珠ですか？　きっと高いですよ。大丈夫ですか？」

「大丈夫ですよ。私は少しずつ貯めた小遣いがあるのです」

少し歩くと念珠や小さな仏像をおいている店があった。手代に念珠を見たいというと、棚から盆を取り出した。首にかけられるほど長いものだ。

「こちらは珠が百八個ございます正式なお念珠です。どちらの宗派の方にもお使いいただけます」

「母にと思っています。もう少し、小さなものはありませんか」

　源太郎がたずねた。手代はまた別の盆を持って来た。今度は手首にかけるような小さな念珠である。透き通った水晶、珊瑚、石、木製も漆黒、薄茶、淡い緑とさまざまなものがあった。

「こちらは片手念珠になります。水晶はいかがですが、古来、清めの意味がございます」

「あまり高いものは困ります。一番お安いのはどれですか」

　志津がたずねた。

「それでしたら、この茶色の珠はいかがですか。欅《けやき》なので使っているうちに艶が出ます」

　だが、値を聞くと源太郎は困った顔になった。思ったよりもずっと高価だったからだ。

「申し訳ありません。私が言い出したのに。なにか、別のものにいたしましょう」

　隣の店は千代紙や祝儀袋など、さまざまな紙類を扱う店だった。

「それでは源太郎。こちらの紙をお願いできますか。あなたの父が遺した書物にかけます」

志津は水色の地に千鳥《ちどり》のとんでいる図柄の千代紙を選んだ。

如月庵に戻って夕餉を待つ間、志津が誘った。

「ねぇ、源太郎。久しぶりに私と囲碁を打ちませんか」

「母上とですか？　もう、母上は私に勝てませんよ。私はこのごろ、真鍋の父と打っていますから」

「あら……。では、歌留多《かるた》とか」

「あれは子供の遊びです」

源太郎はそっけない。

志津は源太郎に向き直った。

「ねぇ、源太郎。よく聞いてください。私は明日の朝、ここを出発いたします。またいつ会えるか分かりません。ですから、私は心残りがないように源太郎と楽しいひと時を過ごしたいのです。あなたも同じ気持ちではないのですか？　母はなんだか、淋しいです」

源太郎ははっとした顔になった。

「そうですね。それでは……」

言葉に詰まる。

「あまり難しくない……、お話ししながらできるような簡単な遊びがいいですよね。そうですねぇ、将棋くずしなどはいかがですか。私は部屋係の朋輩としますけれど、楽しいですよ。夢中になってしまいます」

梅乃が助け舟を出した。

将棋くずしは山になった将棋の駒を、人差し指で音が鳴らないように取る遊びだ。カタッと音が鳴ったら交代する。

「あら、いいですね。父がいたころ、三人で遊びましたよね」

志津が笑みを浮かべる。梅乃はさっそく将棋盤と駒を運んで来た。

「じゃあ、始めますよ。母からでいいですね」

志津が先手になった。


梅乃が膳の用意をして部屋に行くと、まだ二人は盤に向かい合っていた。夢中になっているのは負けず嫌いの源太郎の方だ。

「さぁ、源太郎、そんなに考え込んでいては進みませんよ。思い切って動かしてごらんなさい。ほら、その手前の駒はどうですか？」

「母上、その手には乗りませんよ。この駒を動かしたら、この斜めの駒がくずれます」

「おや、そうですか」

うながされた源太郎は悩みつつ、手前の駒に指をのせた。息をつめてそうっと動かす。すっと駒は抜けた。

「ほら、母の言った通りではありませんか」

「さあ、今度は母上の番ですよ。どれになさるんですか」

「私はもう決めています」

志津の細くて白い指が駒を滑らせる。

「ほら」

「ううん」

源太郎は口をへの字に曲げ、脇の駒に指をのせる。

「そろそろお食事になさいませんか」

梅乃が声をかけたとき、カチリと音がした。

「ああ、しまった」

源太郎は残念そうな声をあげ、梅乃を振り返った。

「急に大きな声を出すから、指が震えてしまったではないですか」

「源太郎、部屋係さんはお仕事なんです。そんな風に言ってはいけませんよ」

志津がたしなめた。

その日の膳は、鯛の木の芽焼きに貝柱と三つ葉のかき揚げ、わかめの酢の物、子芋の煮転がし、ぬか漬けに大根のみそ汁、ご飯だった。

「源太郎、魚の骨は取れますか？　母が取ってあげましょうか？」

志津の言葉に源太郎は少し強い調子で返した。

「母上、私はもう小さな子供ではありません。自分のことは自分でできます」

「そうでしたね。申し訳なかったです」

志津は淋しそうな顔を見せた。

「わあ、このかき揚げ、さくさくしておいしい。母上も食べてみてくださいよ」

源太郎はあわてて笑顔をつくり、母に伝える。

「いいえ、私はこのごろ、揚げ物は好かなくなりました。胸が焼けるのです。私の分もいただきませんか」

志津に言われて、源太郎は母の分も食べた。ご飯も汁もお代わりした。

食事の後、二人は囲碁を打った。

源太郎はいつになくはしゃぎ、笑った。志津も笑みを浮かべる。源太郎が言った通り、囲碁の腕があがっていて、志津はかなわなくなっていた。

明日も道場で朝稽古があるからと、その後、源太郎は一人で屋敷に帰って行った。


布団を敷きに梅乃が部屋に行くと、志津は窓辺で外を眺めていた。

「ここから町の灯がよく見えますね」

「ええ、上野広小路あたりはお酒を出す店も多いので夜遅くなってもにぎやかですよ」

夜更けに町はひっそりとしている。不忍池から上野広小路のあたりだけが明るく輝いていた。

「源太郎はすっかり大きくなって、私にはなにもさせてくれませんでした。私の心の中の源太郎は二年前のままだから、つい世話を焼きたくなって、あの子に嫌がられてしまいます。あの子はもう、私の助けを必要としないほど大人になりました」

志津が静かに笑う。

「久しぶりにお母様に会って、照れているんですよ」

梅乃が言った。

「ええ。そうですね。そう思うことにしましょう。あなた様のおかげで、今日は源太郎とゆっくり話ができました。本当にありがとうございます。お礼を申し上げます」

志津は梅乃に向き直り、頭を下げた。

「とんでもないです。部屋係として当たり前のことをいたしたまでです。行き届かないところがございましたら、ご容赦くださいませ」

梅乃も頭を下げた。

「もうこれで、思い残すことはございません。明日は早朝にこちらを出立し、葛飾に戻ります」

「せっかくですから、ゆっくりなさってもよろしいのではないですか」

「いいえ。源太郎の顔を見たら泣いてしまいます。今度こそ、本当に嫌われてしまいます」

志津はそう言って、袂で目を押さえた。

翌朝、志津はまだ暗いうちに如月庵を出立した。杉次は簡単な朝餉と昼食用の握り飯を用意した。志津は何度も礼を述べ、確かな足取りで戻って行った。

朝稽古のために坂道を上って来た源太郎に、梅乃は告げた。

「お母様はもう葛飾に戻られました。源太郎さんによろしくということです。真鍋様にはお礼のお手紙を書くそうです」

「え、そうだったんですか。今朝、もう一度、お会いできるかと思ったのに」

源太郎は驚いた顔をした。

「今の季節は草木が育つので、畑仕事も忙しいんだそうです。水をまいたり、雑草を抜いたりする仕事があるそうです。源太郎さんが見違えるように立派になって、楽しそうに毎日を過ごしていることが分かって、うれしかったそうです。大人になった姿を見るのが楽しみだ、自分は幸せ者だともおっしゃっていました」

「そうですか。それならよかった」

源太郎は少し淋しげなようすで言った。

「よかったですね。葛飾のお母様に喜んでいただいて。真鍋様も粋なことをするなぁ」

晴吾が明るい声を出す。

「如月庵さんにはお世話になりましたと、真鍋の母が言っておりました。梅乃さんも一日おつきあいいただき、ありがとうございました」

源太郎は大人びた言い方で挨拶をすると、晴吾といっしょに剣道場に向かって足を進めて行った。

3

数日が過ぎた。湯島天神に行くと源太郎の姿があった。ぼんやりと梅の木を眺めている。

「なんだよ。源ちゃん、元気ないじゃないか」

紅葉がぽんと肩をたたいた。

「菅原道真《すがわらのみちざね》って親孝行だったのでしょうか」

源太郎がたずねた。

「そうじゃないのか？　偉い人なんだから」

紅葉は適当なことを言う。

「お母さんがどうかしたの？」

梅乃はたずねた。源太郎は足元の石を蹴った。ころころと転がった先を源太郎は眺めている。

やがて、重い口を開いた。

「葛飾の母から真鍋の両親に文が来ました。この前の礼状です。源太郎が健やかに育っていてうれしかった。お二人のお力によるものだというようなことが書いてあったそうです」

「ふーん、それで、源ちゃんへの文にはなんて書いてあったんだ？」

紅葉がたずねた。

「私への文はありませんでした。文のやり取りはしない約束なのです」

源太郎はうつむいて小さな声で答えた。

「今度、私が葛飾の母に会うのは私が学業を終えて、出仕するころだと思います」

「ずいぶん、先のことだな」

「はい。母の文にはそう書いてあったそうです。私はまた近々会えると思っていたので驚きました。でも、真鍋の父も母も、そういうことだと思っていたようです。私はもう真鍋の家の人間で、養子になるとはそういうことだと、部屋付きの女中さんが教えてくれました」

「そう……。考えてみると、お母さんはそういうようなことを言っていたわね」

梅乃は志津の言葉を思い出して言った。

――源太郎の一言、一言を母は心に刻み付けていますから。

――私は明日の朝、ここを出発いたします。またいつ会えるか分かりません。ですから、私は心残りがないように源太郎と楽しいひと時を過ごしたいのです。

「そうなんです。でも、私はそれに気がつかなかった。本当はもっとやさしくしてあげればよかったのに、私は母上にそっけなかったんです。私は親不孝者です。人としてやってはいけないことでした」

「そんなこと、なかったわよ。源太郎さんはお母さんを算額のある神社に案内したし、浅草にも行った。おみやげも買ったし、将棋くずしもしたじゃないの。お母さんは源太郎さんが立派になったって喜んでいたわ」

「おみやげだって、そうです。最初、私は念珠を買うつもりだったのです。でも、それが思いがけなく高価だったので躊躇しました。買おうと思えば買えないことはなかったのです。貯めていた小遣いを持って来ていましたし、なにかあったときのためにと真鍋の母からもお金を預かって来ていました。だけど……」

「たしかにお念珠は高かったわ。源太郎さんのお小遣いで買える値じゃない。それに、お母さんも、そんなことを願っていなかったわ。源太郎さんがおみやげを買ってもらって喜ぶ子供じゃなくて、反対に、お母さんにおみやげを買うと言い出すくらい成長したことがうれしかったのよ」

「晴吾さんにその話をしたら、同じことを言われました。源太郎さんの気持ちがうれしかったんだって」

「そうでしょう。だから、源太郎さんが気に病むことはないのよ」

「まだ、あるんです」

源太郎は顔をあげた。

「まだ、あるのか。いろいろ、やっちまったんだな」

紅葉が言う。

「真鍋の父から、せっかくの機会だから一晩泊まって、ゆっくり語り合いなさいと言われていたのに帰って来てしまいました」

「そうだったのね」

源太郎が帰った後、一人、窓から夜の町を眺めていた淋しそうな志津の背中を思い出した。

「私は自分が情けないです。自分を嫌いになりそうです」

「そんなことを言わないでよ。お母さんはとっても喜んでいたわよ。源太郎さんに会えてよかった、大人になったって言っていたもの」

正確には少し違う。志津はこう言った。

——あの子はもう、私の助けを必要としないほど大人になりました。

「だから、安心して朝早く出立されたのよ」

これも少し違う。

——源太郎の顔を見たら泣いてしまいます。今度こそ、本当に嫌われてしまいます。

志津は源太郎が大人になったことを喜ぶ一方で、自分の助けを必要としなくなっていたことを、ほんの少し淋しがっていた。

「まあ、いろいろあると思うけどさ、過ぎたことをいろいろ考えてもしょうがないよ。そういう年ごろなんだ。あるんだよ、男の子にはそういうときがさ」

紅葉がぽんと肩をたたく。

「そうなんですか？」

源太郎は真顔でたずねた。

「あんたの心の中にはさ、二つの自分がいたんじゃないのかなぁ。おっかさんにやさしくしてあげたいって自分と、べたべたと子供扱いされるのは嫌だっていう」

「たしかに……。なにかというと私を子供扱いして、魚の骨を取ってくれようとした……、それに、私がなにか言うと母は涙ぐむんです」

「うん、そういうのは、ちょいと鬱陶《うっとう》しいよな」

言いにくいことを紅葉はあっさりと口にする。

「……それが大人になるってことなんですか？」

源太郎は言葉を選びつつ、慎重にたずねる。

「そうだよ。まぁ、正確に言えば子供と大人の中間ってところだな。源ちゃんは学問はできるけど、人の心の機微ってもんを分かるのはまだまだ先だな」

紅葉が偉そうに答える。

「……それが分かっていたから、母上は朝、私の顔を見ないで出立したんですか？」

「たぶんね。だからさ、いいんだよ。今度、おっかさんに会うときは、源ちゃんはもう中間じゃなくて、ちゃんとした大人だからさ。そのときは、おっかさんにやさしくしてあげられるよ。泣かれたってへっちゃらだし、念珠だって自分のお金で買えるさ」

「はい」

源太郎は素直な様子で答えた。

「よし、じゃあ。酢いか食べに行こうか。今日はおごってやる」

紅葉が誘った。

それで三人で駄菓子屋へ行った。

源太郎は無邪気な様子で酢いかを食べているが、二年前と比べると背も伸びて体つきもしっかりとしてきた。そういう梅乃や紅葉も二年分、大人になったのだ。

梅乃は懐の巾着袋を取り出した。中には下谷神社のお守りと小さな透き通った緑の石が入っている。

梅乃は緑の石を手に取った。

「きれいな石ですね」

源太郎が言った。

「おっかさんの形見。おねぇちゃんも同じものを持っているんだ。日に透かすときれいよ」

「あ、本当だ。なんて名前の石だろう。水晶かな」

源太郎は首を傾げた。

「緑の水晶はないわよ。とくに高い石じゃないみたい。私のおっかさんは死んでしまったけれど、この石を見ると、おっかさんのことを思い出す。あたたかい、幸せな気持ちになる。源太郎さんのお母さんも、千代紙を見て源太郎さんのことを思い出しているわよ」

「そうですね。それならうれしい」

一瞬、涼やかな風が青葉を鳴らした。空はまぶしいほど明るく、気持ちのいい午後だった。

第二夜

朝顔の種とねずみ講

1

その日、如月庵にやって来たのは若い男だった。町人髷に濃茶の上等な紬《つむぎ》に白足袋姿、駕籠に乗ってやって来た。大店の若旦那のようでもあるが、それにしては少し品がない。どこかで会った気がすると、梅乃は思った。

「お客が来るから、次の間のある部屋がいいな。たしか、離れがあっただろう」

男は物慣れた口調で言った。

「はじめてのご逗留でございますね。お客様はたしか……」

下足番の樅助の言葉を遮って若者が言った。

「ああ、泊まるのははじめてだけど、ここにはよく来ていたよ。前からよく知っているんだ。前金も払わせてもらうよ。それなら文句はないだろう」

懐から重そうな財布を取り出した。玄関先で頭を下げている梅乃を見て、男はにやりと笑った。

「おう、久しぶりだな。文吉《ぶんきち》だよ。覚えてるか？」

「え、あの文吉さん？　豆腐の丸安？」

梅乃は思わず大きな声をあげた。

たしかに文吉である。

一年ほど前まで、上野広小路の丸安という豆腐屋の手代をしていた。あのころはひょろひょろとやせていたが、今は一回りほど体が大きくなっている。少し耳が飛び出しているのは相変わらずだが。

「豆腐屋なんかとっくに辞めたよ。今は自分の商いをしているんだ。おかげで、お宅みたいな立派な宿に泊まれる身分になった」

偉そうに身をそらせた。

梅乃が離れの文吉に茶を運んでいくと、文吉は庭を眺めていた。

「ああ、ご苦労さん。さすがにいい部屋だねぇ。青楓がきれいだ。咲いているのはつつじかな」

物慣れた様子で言う。

「しかし、久しぶりだねぇ。あのお犬様騒ぎのとき以来か。あんた、名前はなんていったっけ」

「梅乃です」

「うん、うん、そうだった。変わらないねぇ」

「……お客様はずいぶんと変わられました」

梅乃の応えに文吉は満足そうに目を細めた。

お犬様騒ぎというのは、如月庵に犬飼いの男がやって来たときのことだ。行方知れずになった犬の飼い主を捜すため、町の噂に通じている文吉の力を借りたのだ。

「今もあちこちの噂を集めているんですか？」

「そうだよ。よく覚えていてくれたねぇ。まったく、その通りだよ。その噂の力で俺は店を持った。と言っても、あんたが思っているのとは少し違うけどな」

文吉はだれにでも親しげに話しかけ、様々な噂を聞き集めていた。人と違うのは、その噂話を金に換えることだ。

――嫁取り、婿取り、借金取り。出てけ、別れろ、金返せ。番頭が辞めたなんていう話は金になる。

「噂はお金になりますか？」

「もちろんだよ。あんただって、俺の言う通りにすれば金持ちになれるよ。たしか、もう一人、部屋係がいたよな。あんたの友達」

「紅葉ですか」

「うん。あの娘もまだ、ここにいるのか？」

「いますよ」

「よし、じゃあ、あとで二人でこの部屋に来いよ。特別に秘訣を教えてやる」

文吉はにやりと笑った。


「梅乃、文吉が来たんだって？」

廊下を歩いていると、紅葉が話しかけてきた。

「そうなの。それがなんだか前と全然違うの」

「金持ち面をしているんだろ。なんで、あいつ、一年かそこらでそんな金を手に入れたんだよ」

紅葉は首を傾げた。

「聞きたかったら二人で部屋に来い、特別に教えてやるからって」

「ふうん」

梅乃と紅葉は顔を見合わせた。どうも怪しい。そもそもそんなうまい話が世間に転がっているはずはない。

だが。

興味はある。

「とりあえず、聞くだけ聞いてみるか。話の種に」

紅葉が言った。

それで二人で離れに行った。

「はは、やっぱり来たね。まぁ、そこに座んなよ」

文吉は床の間を背にして座り、その前に梅乃と紅葉を並ばせた。

「前にも俺はあんたたちに言ったよな。噂話は金になるって。それは俺が自分で考えたことだったたんだけど、あのときはまだ十分には噂の力を知らなかったんだな。だけど、ある人に出会った。その人に噂話の正しい使い方を教わった。気づいたら、ほら、この通りだよ。どんどん金が集まって、こんな立派な宿にも泊まれるようになった」

梅乃はぽかんとした。なにを言っているのか、よく分からない。

だが、紅葉はなにかつかんだらしい。

「つまり、噂を集めるだけじゃなくて、広めるわけだな」

「その通りだ。紅葉は勘がいい。あんたたちも噂話が好きだろう。溜まりじゃ、町の噂をしているんじゃねぇのか。だけど、ただ、しゃべっていたんじゃ金にはならねぇ。金になる噂ってのがあるんだ。そういう話をしなくっちゃ」

「なんだよ。そんなうまい話があるわけないじゃないか」

紅葉がぷいと横を向いた。

「ああ、そうだね。そう思う奴は一生金持ちになれない。俺の言うことを信じるもんだけが、幸運をつかむんだ」

文吉は馬鹿にしたように鼻を鳴らした。

「ふうん」

紅葉はその手には乗るかという顔をした。

「しょうがねぇなぁ。よし、運試しだ。やってみるか」

文吉は巾着を取り出すと、中から黒い種のようなものをつかみ出して畳においた。

「朝顔の種だ。と言ってもただの朝顔じゃないぞ。天下に名を知られた名人中の名人が育てて、金杯をもらった朝顔の種だ」

江戸の人々は朝顔が大好きだ。毎年、入谷《いりや》で朝顔市が開かれるし、季節になると鉢を売る行商人が辻を回る。なかでも好事家に人気なのは「出物」と呼ばれる変わり朝顔である。それらの鉢や種は高値で取引されている。

以前、梅乃は朝顔好きのお客に木版刷りの図版を見せてもらったことがある。

朝顔といえば、らっぱ形の花を思い浮かべるが、図版にあったのは八重だったり、花びらが細い糸のようになっていた。葉もねじれ、反り返っている。もう、それは朝顔というより、まったく別な種類の植物にしか見えなかった。

「うまく出物に当たったら、大当たりだ。俺が十両で買ってやる。十粒五十文でどうだ？」

駄菓子屋で菓子を買っている梅乃と紅葉にとって、五十文はちょっとした金だ。

「どうせ、全部はずれなんだろ」

紅葉が言った。

「違うよ。本当に名人の朝顔だ。あのさ、出物ってのは突然、現れるもんなんだよ。同じ親から生まれた兄弟でも、姿形が違うだろ。親父もお袋もふつうの顔立ちなのに、なんでだか、突然、すげえ美男、美女が生まれたりするじゃねぇか。出物の朝顔ってのは、その突然現れる変わり種のことなんだよ。だけど、その花の種をとって翌年蒔いても、全部が同じように変わり種になるってわけじゃねぇんだ。まぁ、だいたいはふつうのやつになる。でも、中には、その変わり種の性質を受け継ぐやつも出る。さぁ、運試しだ。五十文で十両。おいしい話だろ」

誘うように目の前に朝顔の種を突き出した。

十両。大金である。なにが買えるだろう。

一瞬、梅乃は迷った。

だが、紅葉は鼻を鳴らした。

「あんたの言う噂ってそんなもんか。がっかりしたよ。行こう」

梅乃の手を引いて部屋を出た。


「おう。離れの若旦那はどんな話をした？」

玄関まで来ると、縦助が声をかけた。

「あいつ、あたしたちに朝顔の種を売りつけようとしたんだよ」

紅葉が話すと、縦助は声をあげて笑った。

「そりゃあ、でかしたよ。妙な欲を出さなくてよかったな」

「あったりまえだ。あたしは最初から、あいつは怪しいと思っていたんだ。結局、あいつはそういう訳の分からないものを売っているんだろ」

「そうだろうな」

「だけど、文吉さんはいい着物を着ていたわ。巾着も金の糸が入っていたし」

「ああ、宿賃も先払いだ。なんか、よっぽど、うまいからくりがあるんだろうなぁ」

縦助はあごをなでる。

以前、文吉はこんなことを言った。

――丸安じゃ、職人の親方がえばっているんだ。みんな親方になりたがるけど、おいらは嫌だね。職人は朝早く起きなくちゃなんねぇし、体もきつい。おいらは親方を使う人になるつもりだ。

梅乃がその話をすると、縦助は「ほう」と声をあげた。

「面白いことを言う男だな。それに、なかなかの野心家だな。まぁ、おいおい、あの男がなにをしているのか分かるだろう」

「よし、あたしが見届けてやる」

紅葉が腕まくりをした。

「おいおい、逆に取り込まれたりするなよ。そういうのを木乃伊《みいら》取りが木乃伊になるって言うんだ」

「ならないよ。あんなへなちょこに、だまされてたまるか」

紅葉は鼻で笑った。

その日の夕餉はかつおの藁焼きに蕗の青煮、焼き豆腐にとろりと黄身酢あんをかけたもの、それにしじみのみそ汁に白飯、香の物だった。

「おう、かつおか。旬だな。なんか、いい匂いがするな。なんだろう？」

　箸を持ったまま、文吉は首をかしげる。

「かつおは藁焼きにしております。藁を燃やして、その強い火でかつおの表面をあぶっているんです。余分な脂が落ちてあっさりと、しかも香ばしく仕上がります。ポン酢をかけて、表面をたたいて味をなじませています。薬味をのせていますので、そのままお召し上がりください」

「ふうん、そうか」

　かつおの藁焼きの上には、白髪ねぎやみょうがや青じその細切りがたっぷりとのせられている。文吉は言われた通り、薬味とともに切り身を口に入れた。その途端、目を丸くした。

「なんだよ。すっげぇ、うまいじゃねぇか」

「ありがとうございます」

「そうか。如月庵に泊るとこういうもんが食えるのか。だから、みんな、如月庵はいいって言うんだな。へえ、焼き豆腐のたれは卵の黄身かぁ。なるほどね。こうすると、焼き豆腐もごちそうだねぇ」

座り直して白飯をもらい、わしわしと食べる。

一膳食べたところで、少し腹が落ち着いたらしい。

「酒があると、倍おいしくなるんだろうねぇ」

「ご酒を召し上がりますか?」

「いや、いい。これから人が来るんだ」

うらめしそうな顔をする。どうやら、文吉は酒の味も覚えたらしい。

夕餉が終わり、夜も深くなった時刻、一人の男がやって来た。

鬢に白いものが交じる恰幅のいい男で伊勢屋善吉郎《いせやぜんきちろう》と名乗った。渋い茶の羽織と着物は上等の紬で、帯からのぞく煙草入れの根付は象牙《ぞうげ》と、文吉以上に金のかかった身なりをしていた。

梅乃が文吉に伝えると、部屋で寝転がっていた文吉はあわてて飛び起き、玄関に出迎えた。

「いやあ、伊勢屋さんお待ちしておりましたよ。明日のことをお話ししたいと思っていたんです。さぁさぁ、お部屋へどうぞ」

文吉はぺこぺこと頭を下げて挨拶をする。梅乃を見ると、気取った調子で言った。

「ああ、そこの部屋係ね、離れへは私が案内するから大丈夫ですよ。それより、茶をお願いしますね。番茶でも、ほうじ茶でもいいから、どびんにたっぷりとね」

しばらくして梅乃が茶を持って行くと、襖の向こうから二人の声が聞こえてきた。

――どうして、もっと幸せになりたいと思わないんですか。欲しい物を買ったり、おいしい物を食べたり、いい着物を着たいって願わないんですか。今のままでいいなんて、思っていたらもったいないですよ。

――声が小さい。もう一度。

――は、はい。

――どうして、もっと幸せになりたいと思わないんですか。

――最初の一言が大事なんだ。一人の人に語りかけるつもりでしゃべれ。

――分かりました。

なにやら稽古をしているらしい。

「失礼します」

梅乃が声をかけると、襖の向こうは急に静かになった。

「ああ、茶はそこにおいてくれればいい。あとは、用事があったら呼ぶから」

善吉郎が低いがよく通る声で梅乃に伝えた。それからもしばらく稽古を続けたらしく、夜更けにひっそりと善吉郎は帰っていった。

翌日、朝餉をすませたころから、次々と文吉をたずねてお客がやって来た。梅乃は座布団や茶を運び、気づくと離れの部屋には十人ほどの男女が集まっていた。その中には昨夜の善吉郎もいる。着古した着物姿で、気配を消して後ろの方に座っていた。

「どうして、もっと幸せになりたいと思わないんですか。欲しい物を買ったり、おいしい物を食べたり、いい着物を着たいって願わないんですか。今のままでいいなんて、思っていたらもったいないですよ。人は生まれ変われるんです。なりたい自分になれるんです。思い切って、一歩を踏み出してみませんか」

文吉は人々の前に座り、昨晩、練習した通りの口上を述べていた。

「私も以前は、豆腐屋の手代をしていました。十二で奉公に出て、あちこちのお店に豆腐や油揚げを届けていました。ふた親を早くに亡くし、六人いた兄弟はもうすでに奉公に出ています。そのころの私は体が小さく、坂道でよく転びました。お客さんに持って行く豆腐をくずして、叱られました。冬の最中、飯抜きで外の柿の木の下に立っているよう、言われたこともあります。けれど、私には帰る家がないのです」

ひとしきり苦労話が続く。

お客たちの中にはうなずいたり、涙ぐんでいる者もいる。

どこまで本当の話だろうか。

昨夜、口上を練習していたのを知っている梅乃は話半分に聞いていた。そもそも丸安の店主は面倒見がいいことで知られている。十年修業すれば豆腐作りのひとおりが覚えられ、三年ほどお礼奉公をすればのれん分けもできるのだ。そのほか、読み書き算盤を教えてくれる。九九はもちろん、利息の勘定ができるところまで仕込むという。そうやって、地元に帰って豆腐屋の主になった者も多い。

「商いを始めるには店を借りたり、道具を集めたりと元手がいります。けれど、私がお伝えする商いはその必要がありません。店がなくとも、商いは始められます。どうするか、分かりますか?」

文吉はお客たちの顔を見る。

だれも答えない。

「では、お話ししましょう。あなたが自分で売りにいけばいいのです。店がなかったら信用されないと、おっしゃる方があるかもしれません。大丈夫です。あなた方ご自身が信用なんです。まずは、ご近所、親しいお友達に話をすることから始めてください。私たちが扱っているのは、天下に比類なきものです。みんなが求めているものです。ですから、強くお勧めしなくてもいいのです。世間話のついでに、『私はこんなものを使っているのよ』『とっても、いいのよ』そう言っていただければ十分です」

なるほど、噂が金になるとはそういうことか。

それなら店がなくとも、物は売れる。しかし、一体、なにを売っているのだろう。

いつまでも文吉の話を聞いているわけにいかないので、そっと部屋を出ようとしたら紅葉がいた。

「あんた、ここでなにをしているのよ」

「だから、文吉のことを探っているんだよ」

「掃除はもうすんだの？」

「大丈夫だ。ちゃちゃっとすませた」

紅葉は当然だという顔で答えた。

掃除や洗い物など、ひととおり朝の仕事を終えて、離れに戻るとまだ紅葉がいた。

女の人が話をしているところだった。三十をいくつか出たぐらいの、色白のきれいな人だった。

「私たち夫婦は借金の保証人になっていたため、自分のものではない借財を負いました。借金取りに追われる日々の中、どうやって返していったらいいのだろうか、いっそ、一家心中したほうが楽かもしれないとまで思いつめていました」

女が涙ぐむ。「おお」と、お客たちはどよめく。

「……あのときは、苦しくて、苦しくて。そんなとき、たまたま古いお友達からこの講のことを教えてもらいました。半信半疑でした。また、だまされたらどうしようと思いました。けれど、そのお友達は私と同様、お金に困っていたのに、すっかり様子が変わっていたのです。裕福になって、幸せそうでした。『ね、私が見本よ』と言うので、私はとりあえず、一歩を踏み出してみたのです」

お客たちの様子を眺め、女はぱっと笑みを浮かべた。

「そうしたら、本当にびっくりするくらい、楽にお金が入って来るのです。今までの苦労はなにかと思いました。おかげさまで、借金はすべて返し、たくさんのよい知り合いもできて、毎日を家族そろって笑って過ごせるようになりました」

「まだ、この話、続いているの？」

梅乃はたずねた。

「うん。世の中にはいろんな人がいるもんだ」

「それで、一体、なにを売るわけ？」

「ああ、そこなんだ。それはまだ、分からない」

「いい加減にしたほうがいいよ」

梅乃は紅葉をおいて離れを出て来た。


半時ほどすると、離れの会合が終わってお客たちが帰っていった。

もらい泣きで目を真っ赤にしている女がいれば、なにやら難しい顔をしている男がいる。目を輝かせている者もいれば、首をかしげる者、ふわふわと足が地につかない様子の者もいる。

紅葉が出て来た。

「どうだった？」

梅乃はたずねた。縦助も近づいて来る。

「うん。だからね、とりあえずは自分の知り合いに物を売るんだ」

「なにを売るんだ？」

「詳しい話はまた次回だ」

「友達に物を売るだけで、どうしてそんな簡単に借金が返せたり、お金持ちになったりできる？」

「だからぁ、今日はその話はなかったんだよ。なにを売るかはまだ、分からないんだ」

紅葉はいらだったように答えた。

「そりゃあ、きっとねずみ講だね」

縦助が膝を打った。

「ねずみ講って？」

紅葉と梅乃はたずねた。

「ねずみっていうのは、たくさん子供を産むだろう。そこからこの名前がついたんだけどね、たとえば紅葉が梅乃に『楽して儲かる仕組みがある。それを教える』と言って、十文を払わせる。梅乃は同じことを、わしやお蕗さんに言って十文ずつ取る。梅乃は五文を受け取り、紅葉に五文を払う」

縦助は地面に棒で図を描いた。

一人の親がいて、その下に子供が三人。子供はそれぞれ三人に伝えて九人の孫ができる。そうやって、ひ孫、ひいひい孫と増えていく。

「つまり、下の人が十文を払うと上の人もお金が受け取れる仕組みなの？」

「そうだよ。だから、楽して儲かる。だけど、この図を見てごらん。あっという間に、百人、千人って増えちまう。そんなに、いつまでも人が集められるわけはないだろう。どこかで行き詰る。金を払っただけで損する奴が出て来るんだ。しかも、たくさん」

縦助は広がった三角形の底の部分を棒でたたいた。

「分かったわ。これは危ないお誘いなのね」

梅乃は納得した。

「だけどさ、この三角の上の方にいれば、儲かるわけだよね」

紅葉は指さす。

「もちろん。だけどさ、そんなおいしい場所に素人は行かれないよ。親玉のお仲間ががっちり押さえている」

「じゃあ、文吉はそのお仲間に入っているわけか？」

「どうだろうなぁ。案外、このあたりじゃねぇのか」

縦助は三角の下の方を棒で指した。

梅乃が井戸のある裏庭に行くと、洗濯物が風に揺れていた。初夏の気持ちのいい風が吹いている。洗濯日和だ。お園も襁褓や包帯の洗濯をしたのかなと思った。

ふと思いついて巾着袋から母の形見である緑の石を取り出した。

——根付のひもが切れちまったけど、きれいな石だからあんたたちにあげるよ。巾着袋に入れておくね。

そう言って母は梅乃とお園、それぞれの赤い巾着袋に入れてくれたのだ。

母はどんな死に方をしたのか。

やっぱり、この問いに戻ってしまう。

病気だったと嘘をついたのは、梅乃には聞かせたくないことだったからだろうか。だけど、あれから十年が過ぎた。梅乃ももう大人だ。本当のことを知りたい。どんなに悲しいことであっても。

お園の顔が浮かんだ。

姉に迷惑がかかるだろうか。

いやいや、梅乃が一人で調べて、自分の胸に納めておけばいいのだ。

しかし、だれに聞けばいいだろう。何度も引っ越しをしたし、大きな火事があったから、昔のことを知っていそうな心当たりがない。

下谷の長屋の隣にいた常《つね》とお清《きよ》の夫婦の顔が浮かんだ。二年前の大火事のとき、一人長屋にいた梅乃を連れて逃げてくれた。一時、谷中《やなか》の知り合いの家に身を寄せていたが、今は上野に住んでいる。お清は煮売り屋で働いていると聞いた。

梅乃はお清をたずねてみることにした。

上野広小路を過ぎて、下駄屋に米屋、豆腐屋と商店が並ぶ細い通りを抜けてさらに進む。どこからか煮炊きの香りが流れてきた。道の先にあづま屋とのれんが見えた。お清が働いている店だ。

店先には煮豆やきんぴらやひじきの煮物が並び、その脇にはぬかみその樽がおいてある。

「おいしいよ。ひとつ、どうだい」

お清が道を通る人に声をかけていた。

「こんにちは」

「あれ、梅乃ちゃんじゃないか。久しぶりだねぇ。今日はどうしたの？　お使い？」

「そうじゃなくて……。ちょっとお清さんに聞きたいことがあって。忙しいときにごめんなさい」

「いいよ。いいよ。今は、暇な時間だから」

そう言うと、お清は奥に声をかけた。

「おかみさん、すみませんね。ちょっと知り合いが来たんで、店を離れます。すぐ、戻りますから」

梅乃を誘って、店から少し離れた路地まで行った。

「聞きたいことって、なんだい？」

「死んだおっかさんのことなんです」

梅乃は母の昔馴染みの髪結いに会ったことを話した。

「その人は私の顔を見て、こう言ったんです」

――……そうだねぇ。お京ちゃんはかわいそうなことをしたよね。あたしは今でも、信じていないよ。あんなこと、お京ちゃんに限ってあるわけないもの……。

「たしかにそう言ったんです。だけど、私が聞き返したら、急に言葉を濁した。おねぇちゃんに確かめたけれど、教えてくれなかった」

「そうか、そんなことがあったのか」

お清は悲しそうな顔で言った。

「おっかさんが死んだとき、おねぇちゃんは九つで私は七つです。だから、あたしに聞かせるのはかわいそうだって思ったのかもしれないけど……」

「そうだねぇ、子供のころの二歳の違いは大きいからね。だけど、もう、すんじまったことなんだろ。今さら、そんな昔のことをほじくり返してどうするんだよ。もしかしたら、聞かなかったほうがよかったって思うかもしれないよ。だから、その髪結いさんも、お園ちゃんもあんたには黙っていたんだよ」

「……私は、本当のことを知りたいんです」

「そうか……。だけどさ、あたしが知っているのは、あんたたちのおとっつぁんが亡くなって、下谷に引っ越してきてからのことだから、その前のことは知らないよ」

「……そうですよね。昔のことを知っている人は、もういないんです」

「じゃあ、それでいいじゃないか。おっかさんは、ええっと……流行り病で亡くなった。そういうことでさ」

梅乃は強い調子で言い返した。

「そんなこと、できません。だって、私はそれが、嘘だって知ってしまったんですよ。ずっと、こんな風にもやもやした気持ちのままでいるのは嫌です」

「そっかぁ」

お清は空を眺めた。

「じゃあさ、いっそ、富八《とみはち》親分をたずねてみたらどうだい？　あの人は昔からの十手持ちで、いろんなことを知っている。心当たりがあれば、お仲間にも聞いてもらえると思うよ」

「……富八親分」

ぶるっと体が震えた。つまり……、殺されたということか？

おぼろげにそんな予感がしていたのだ。だが、考えないようにしていた。避けていたのだ。

「ごめんね。もしかしてって、思ったんだよ。だって、おとっつあんもお園ちゃんも隠していたってことは、やっぱり、なんていうかさ。……尋常なことじゃなかったのかもしれないだろ。知らないって言われたら、そしたら、もう、安心じゃないか」

「……そうですよね。分かりました。富八親分。たずねてみます」

梅乃は答えた。

2

如月庵の裏庭に行くと、紅葉と文吉がいた。足元にはしま吉とたまがいる。

「こいつがしま吉でこっちがたまか。よく太っているなぁ。お前、いい餌、もらっているんだろ」

「そうさ。杉次さんに魚の頭とか、だしがらとか、たまにはお客さんの食べ残しの魚なんかもらっているからさ」

「どうりで毛づやがよいんだ」

手の平にのるくらい小さかったしま吉とたまだったが、今ではりっぱな大人の猫だ。しま吉は食い意地が張っていて、自分の餌をすごい勢いで食べ終えて、たまの皿に鼻づらを突っ込む。おかげでしま吉はたまより、二回りほど大きくなった。

「よし、よし」

紅葉がなでると、しま吉はごろんと横になってお腹を見せた。

「あんたたち、今日、襖の向こうで、俺の話を聞いていただろ。面白かったか」

文吉は紅葉と梅乃にたずねた。

「私は忙しかったからところどころしか聞いてない」

梅乃はそっけない調子で答えた。

「あたしは最初からずっと聞いてたよ。なんか売るみたいだったけど、結局、なにを売るのか言わなかったじゃないか」

「それは明日のお楽しみだよ」

「最後まで売り物がなかったりして。くくっ、あんたたちがやっているのは、ねずみ講だろ」

紅葉はずばりと切り込んだ。

「違うよ。失敬な奴だなぁ。なにを売るかを言わなかったのは、そのほうがいいからだよ。今日の話を聞いて、乗って来ない奴はだめなんだ。こういうものは出会いだからね。なんか、気になる、面白そう、もうちょっと聞いてみたいって思う人とは縁がある」

「うまいこと、言っちゃって」

紅葉が鼻を鳴らす。

「しょうがねぇなぁ、教えてやるよ。俺たちが扱っているのは薬なんだ。昔、香川《かがわ》修徳《しゅうとく》ってすごい医者がいたんだよ。その一番の弟子が香川芳成《よしなり》という人だ。その人が三十年の年月をかけて作り出した薬を売っているんだ」

「なんで、薬屋で売らないんだよ」

「だからさぁ、そうすると問屋が儲けて、薬屋がまた儲けるだろ。すごく高くなるんだ。いい薬を安く売りたいって香川芳成さんが言い出して、この売り方を考えたんだ。俺は善吉郎さんから……昨日、来た人だけどね……その人から、仲間に入らないかって誘われたんだ」

「どんな方法だよ」

「今日、説明したじゃないか。聞いてなかったのか」

文吉が地面に図を描いた。

「まず善吉郎さんがいる。善吉郎さんから俺は薬を買う。俺は今日来た人たちに薬を売る。その人たちの中で、自分も商いをしたいという人は善吉郎さんから薬を買う。薬の代金は善吉郎さんに、紹介料は紹介した人に入る」

一番上に善吉郎がいて、その下に文吉たち数人が並び、さらにその下にも人が並ぶ。縦助が描いた図とそっくりなものが出来上がった。

「やっぱり、ねずみ講じゃないか」

「ねずみ講は金のやり取りだけだろ。俺たちは薬を売っているんだ。その薬はとってもよく効く。痛みがとれて、傷もよくなる。だから、みんなが欲しがる薬なんだ。薬の値段は高くない。店を持たないから、その金がかからないんだ。お客はいい薬が安く買える。俺たちは、その薬を売ってお客に感謝される。薬が売れて金が入る。みんなが幸せになる、すごい仕組みなんだ」

文吉は言葉に力をこめた。

梅乃は文吉の描いた三角形をにらんだ。

「その香川なんとかさんは、どこにいるの？」

「うん……まぁ、この上の方だな。そこまで書くとややこしくなるから、今は省略してある」

善吉郎の名前の上の方を指さす。

「いい薬が安く買えるのなら、どうして、文吉さんはそんな風に急にお金持ちになれたの？　来てた人にもお金持ちになれますって言っていたじゃないの」

「すごい勢いで売れているからだよ」

当たり前だろという顔で文吉は答える。

「だけど、そんないい薬なのに、あたしはまだ、聞いたことがないよ」

紅葉がたずねた。文吉は待ってましたという得意の顔になった。

「そうだろ。だからいいんだよ。みんなが知ってしまったら、こういう、いい薬がありますよ、なんて誘っても、『知っているよ。あんたには悪いけど、義理ある人から買うよ』って言われちまうだろ。この薬は今年売り出したばかりなんだ。な、言っただろ。噂は金になるって。始めるんなら、今のうちなんだよ」

梅乃と紅葉は顔を見合わせた。

なにをたずねても、文吉は用意していたかのように返事を返す。もしかしたら、昨日、善吉郎の前で今日の話を稽古していたように、このことも準備していたのだろうか。

文吉は紅葉の手を見た。

「相変わらず荒れた手をしているな。これ、寝る前に塗るといいよ。これは白雪《しらゆき》膏《こう》っていうんだ。すべすべになるから。これも俺たちが売っている薬のひとつだよ」

懐から小さな陶器の入れ物を取り出した。蓋を開けると、白い軟膏が入っていた。すっと鼻に抜けるような香りがする。

「金を儲けるのは、そんなにいけないことかなぁ。金ってのはいいもんだよ。金があるとさ、人から怒鳴られたり、ばかにされたりしなくてすむんだ。いい着物を着ていると人が大事にしてくれる。ていねいな言葉で話しかけられるんだ」

紅葉ははっとしたように文吉を見た。

文吉は以前のような古くて色の褪せたお仕着せの着物ではなく、濃茶の縞の着物を着ていた。床山で結った髪は鬢付け油の匂いがしていた。

耳が少し飛び出ていて、目がきょろきょろと物欲しげに動くのは相変わらずだが、豆腐屋の手代をしていたときとは見違えるように立派な様子だ。

文吉は遠くを見る目になった。

「俺の親父は左官だったけど、飲んだくれでね、賭け事も好きだった。お袋はいつも泣いていた。俺は早く家を出たいと思っていたから、丸安に奉公に行くと決まったときはうれしかった。食い物屋なら腹を空かせることはないと思ったからさ。丸安の旦那さんはいい人だったよ。職人頭も、番頭さんも、みんなね。だけどさ、丸安には俺より一歳下の息子がいたんだ。その子は米の飯を食っていた。おかずもいろいろあった。朝もゆっくり寝ていたし、小遣いも持っていた。うらやましかったな。金持ちになりたいと思ったのは、それが最初だな」

「最初は豆腐屋になるつもりだったの？」

梅乃がたずねた。

「そのためには豆腐がつくれなくちゃならねぇ。だけど、豆腐職人になるには時間がかかるんだよ。十年くらい修業して、それから三年のお礼奉公。そのとき俺はいくつなんだ？　気が遠くなるほど先じゃねぇか。それに、俺の仕事は豆腐をつくる方じゃなくて、注文取りや配達だよ」

「じゃあ、番頭だ」

紅葉が言う。

「だけどさぁ、丸安は古くからいる番頭がいるから、その人が辞めない限り、番頭になれないんだ。それで、いろんな店に配達に行ったついでに、番頭になるにはどうしたらいいのか聞いたんだ。どこの店でも十年くらいかかるんだよ。それに途中で入って来た奴は番頭になれないとか、店によってもいろいろ決まりがある。まぁ、どっちにしろ、人に使われてちゃ、いいことはない」

たまが甘えた声で鳴いて、文吉の足にまとわりついた。文吉はたまを膝にのせて頭をなでた。

「あるとき、うちのお客がよそに取られたんだ。どうも、その店は豆腐の値段をうちより安くしたんだな。調べて来いって言われた。前から仲良くしていた手代さんだの女中さんだのに、こっそり教えてもらった。そしたらさ、みそ屋の番頭に、みその値段も聞いて来てもらえないかって頼まれた。調べていったら、金をくれた。

それから、あっちこっち、あれやこれや調べ物を頼まれるようになった」

「あんたが、噂話は金になるって言っていたのは、そのころか」

紅葉がたずねた。

「そうだよ。結構、小遣いになったんだ。だけど、そのうち丸安の旦那さんにそのことが知れて、店を出された。まぁ、そうだよな。俺みたいなの、危なっかしくておいておけねぇよ。そんで、ふらふらしているときに、善吉郎さんに会った。面白いことを考えるって褒めてくれた。そいで、いっしょに仕事をしないかって誘われた。ちょうど若くて、動ける奴が欲しかったんだってさ」

文吉はたまを膝からおろすと立ち上がった。

「あんたたちもさぁ、こうなりたいとか思うことがあったら、思い切って始めたほうがいいよ。人は変われるんだ、いつでも。ちょっとした勇気さえあればさ。考えてみな」

そう言って文吉は去って行った。

その晩、紅葉は文吉にもらった白雪膏を手に塗った。

「効きそう？」

梅乃はたずねた。

「別に。たいしたことないよ」

口ではそう答えたけれど、紅葉は丹念に手をさすっていた。

翌朝、梅乃と紅葉はいつものように表の掃除をした。坂道を晴吾と源太郎が上って来た。

「おはようございます。いいお天気ですね」

「まったくです。お二人もご精が出ますね」

「お稽古、ご精進くださいね」

「ありがとうございます」

そんな会話を交わした。

「紅葉、あんた、どうかした？　なんかあった？」

「なんで?」

「だって、今日はあんまりしゃべらなかったから。いつもはあたしを差し置いても前に出て来るのに」

「そういう気分のときもあるさ」

紅葉はそう言うと、竹箒をふらふらと揺らしながら母屋の方に歩いて行く。

突然、振り向いて言った。

「あたしはさ、大井《おおい》の宿で押し込み強盗に関わったんだ。危うく、宿の人たちといっしょに殺されそうになった」

「うん、知っているわよ。だけど、自分で気づいて宿のおかみさんに打ち明けたんでしょ。そのあと、紅葉は江戸に逃げて、今は如月庵で働いている。一味は捕まって宿の人たちも無事だった。よかったじゃないの」

「つまり、あたしは簡単に男にだまされるような安い女なんだ」

「もう昔のことは忘れたら。ここじゃ、だれもそんなこと気にしてないわよ」

「ここにいる限りね」

紅葉は歩き出した。その背中が少し怒っている。

「なにが言いたいの？」

「別に」

「ぜんぜん、普通じゃないわよ」

「いいんだ。あたしにかまうな」

紅葉は走って行ってしまった。

梅乃は上野三橋町《みはしちょう》の富八親分の家に向かった。

富八の女房はそば屋を営んでいる。職人と手伝いの小女が一人いる小さな店だが、それなりに流行っていた。

近くまで行くと、風にのってかつおだしの匂いが漂ってきた。

「いらっしゃいませ」

お客に挨拶する声が聞こえる。富八は家にいるだろうか。出かけている時刻ではあるまいか。

梅乃の足は鈍ってきた。

覚悟して来たのに、本当のことを聞くのが怖くなってきた。

そば屋ののれんの前で足が止まった。

富八には以前、何度か会ったことがある。

お園が働いていた油問屋で押し込み強盗があり、逃げられたのはお園ともう一人の若い娘だけだった。お園が犯人と通じていると疑われていると人から聞いていた梅乃は、富八に会うのが怖かった。お園を捕まえに来たと思ったのだ。

だが、富八はそんな風に決めつけたりしなかった。

頼りになる、腕のいい岡っ引きなのだ。如月庵のみんなが信頼している。

「お、ごめんよ。ちょいと横にのけてもらっていいか」

梅乃の脇をすりぬけて、職人らしい男が店に入って行く。

「いらっしゃいませ」

女の声が聞こえた。梅乃は踵《きびす》を返して帰ろうとした。そのとき、裏から人影が現れた。

「おや、もしかして、如月庵の部屋係じゃねえのか。どうした？　そんな顔で。なんか心配事でもあるのか」

富八がたずねた。


離れには、たくさんの人が集まっていた。茶の用意をするというのは口実で、紅葉も後ろの方に座って話を聞いていた。

この日、話をしているのは浅草の糸屋の隠居である。

「半年ほど前に店を息子に譲り、これからは好きなことをして、のんびり暮らそうと思っていたんですよ。そのころ、体がかゆくなった。最初は足だけだったんだけど、そのうちに背中も腹も全部がかゆい。ふとんに入って温まるととくにひどくなる。いろいろ売薬を試してみたんだけど、どれも今ひとつ。そんなときに、知り合いから白雪膏をもらった。試しに塗ってみたら、かゆみがぴたりと止まった。これはすごいと驚いた」

紅葉は自分の手を眺めた。

昨夜、文吉にもらった白雪膏を手に塗って寝た。いつもと違って、すべすべしている。ふだん、なにも塗っていないから、当たり前ではあるけれど。

「この商いはみんなが幸せになる商いなんですよ。薬を買った人は、痛いところ、かゆいところがなくなって幸せになる。売った人は感謝されてうれしい。お金も入る。こういういい仕事があるよと、人に教えてあげられる。いいつきあいができるんですね。今は、毎日が楽しくて仕方がない。本当に幸せですよ」

それから、次々といろいろな人が話をした。

口をそろえて、幸せだと言った。

梅乃は富八の家にいた。

「ふうん、それで今日はなんの用だい？　わしに頼みでもあるのかい？」

富八はやさしい声でたずねた。

「十年前に亡くなった私の母のことをうかがいたいんです。私はずっと、母は流行り病で死んだと聞いていたのですが、最近、ある人と話をしていて、どうもそうではないらしいと気づきました。父は亡くなっていますし、姉は教えてくれません。親分がなにかご存知ではないかと思いうかがいました」

「わしのところに聞きに来るってことは、つまり、なにか事故とか……、そういうことじゃないのかってことだね」

「……はい」

梅乃はうつむいた。

「なるほどね。十年前。おっかさんは名前はなんていうんだい？」

「京です。髪結いをしていました」

「ふうん」

「おとっつあんは、正助《しょうすけ》という名で上野で菓子屋をしていました」

「おとっつあんが菓子屋でおっかさんは髪結いかぁ」

「おっかさんは腕がいいんです。とくに女髪が得意で、旗本さんとか、お武家の奥方からも声がかかっていたそうです」

「そうか、髪結いのお京さん。お武家にも出入りをしていたんだな。わしは女の髪のことはよく分からないけど、前髪の作り方ひとつで女っぷりが上がるんだろ」

「はい。その通りです」

「それで、おねぇさんは教えてくれないのか。……あんたのおねぇさんは、たしか、宗庵先生のところで働いていたね。その前はたしか……」

「油問屋の播磨屋《はりまや》にいました。その折にはお世話になりました」

梅乃は頭を下げた。

「ああ、そうか。うん、あの押し込み強盗か。あのときは大変だったねぇ。だけど、わしは感心したよ。おねぇさんはしっかり者だ」

そのとき、襖の向こうから「お客さんかい」というおかみの声がした。

「ああ、そうだよ。茶を二つ頼む。ああ、それからせんべいかなにか、持って来ておくれ」

富八が答えると、ほどなく茶が運ばれて来た。小皿にせんべいが二枚のっている。

「まぁ、茶でも飲みながら話そうか。このせんべいは、すぐ先の店で焼いている。帰りに店先をのぞいてごらん、おやじさんと娘さんが二人で焼いているから。手際がいいんだ」

そう言って、富八はいい音をさせてせんべいを食べた。

梅乃もせんべいに手を伸ばした。

富八は心当たりがあるのか、ないのか。じれったいほど、間をとっている。

梅乃はせんべいのはじっこをかじりながら、富八の顔を眺めた。

やがて富八は湯飲みをおいて座り直すと、梅乃の顔をまっすぐに見た。

「いいか。これから話すことをよく聞くんだよ。大事な話だ。あんたは本当のことを知りたいと言ったけれど、知らなかったほうがよかったということだってあるんだよ。それでも、いいんだね」

「はい。お願いします」

梅乃の声が震えた。

「分かった。じゃあ、話すよ。……十年前の冬のことだ。不忍池の傍で男女が亡くなっているのが分かった。遺書も見つかった。それで、心中だということになった」

富八は淡々とした調子で話した。

「男の方はある藩の藩士で、女はその屋敷に出入りしている髪結いだった。その人の名前が京だ」

ぎい。梅乃の体のどこかできしんだ音がした。

「ご亭主は上野の菓子屋で小さな女の子が二人いた。周囲の人たちはそんなはずはない、あの人にかぎってありえない、なにかの間違いだと言った。だけど亡くなっているのはたしかだし、男女のことは傍からは分からないことだからね。それに、わしらはお武家のことには関われないから……。わしが知っているのは、これで全部だ。これでいいか」

静かな声だった。

「……はい。ありがとうございました」

梅乃は礼を言って立ち上がった。膝ががくがくして、うまく歩けなかった。

それから、どういう風に如月庵に戻ったのか、覚えていない。

いろいろな思いが頭の中をぐるぐると回っていた。

この二年、如月庵で働いて、さまざまなお客を迎えた。人は見かけでは判断できないことを知った。幸せそうに見えたのに悩みを抱えていたり、よい着物や持ち物の人が借金を抱えていたり、思いがけないことがたくさんあった。

梅乃の知っているおっかさんは家族思いのやさしい人だった。けれど、それとはまったく別の顔を持っていたって不思議はないのだ。

心中と聞かされたとき、おとっつあんはどう思ったのか。悔しかったのか、悲しかったのか。おねぇちゃんは、どうだったのか。

傷ついたに違いない。悲しかっただろう。同じ思いを、幼い梅乃にさせたくないと思ったのだ。

お清が富八に会いに行けと言ったことも合点がいった。おそらく、お清はおっかさんのことを知っていたのだ。どこまで詳しく聞いていたかは分からないけれど、そういう噂はずっとついて回るのだから。

如月庵に戻ると、紅葉がいた。

「あれ、あんた、今までどこに行っていたんだ？　探したんだよ」

「うん、ごめんね」

「どうしたんだよ。顔がまっさおだよ」

「なんでもないよ」

「なんでもないわけ、ないよ」

桔梗がやって来た。

「今まで、どこに行っていたのかい？　だまって出て行ったらだめじゃないか。探したんだよ」

「すみません。ちょっと、人に会ってきました」

「さっき、髪結いさんが来てね、あんたのことを心配をしていたんだ。どうも余計なことを言ってしまったらしい。あの娘は大丈夫かって」

――平気です。心配しないでください。

そう言おうと思ったのに、勝手に涙がぽろぽろとこぼれた。

「なんだよ、どうしたんだよ」

紅葉が叫んだ。桔梗はなにも言わず梅乃の背中をなでてくれた。


梅乃はお松の部屋に行った。お松と二人で向かい合った。

お松はやさしい声でたずねた。

「どうしたんだい？　なにがあったんだい？　よかったら話しておくれよ」

梅乃はうつむいた。

「話したくないなら話さなくてもいいよ。だけど、しゃべったほうが落ち着くよ」

目をあげると、お松と目があった。心配そうな顔をしていた。

梅乃はぽつりぽつりと語り出した。

髪結いのお吉と話して母の死に疑問を持ったこと。古い知り合いに会いに行ったこと。

その後、富八のところに行き、母が心中したと教えられたこと。行きつ戻りつする長い話を、お松はだまって辛抱強く聞いてくれた。

「おっかさんは、別の男の人と心中するような人じゃないんです。そう信じたいんです。でも、そういう風に見つかったんです」

梅乃はしゃくりあげ、子供のように声をあげて泣いた。

「そうだね。あたしも違うと思うよ。あんたのおっかさんは、そんな人じゃないよ。お京さんのことは昔から知っているんだ。あんたの気持ちは分かったから。今日はゆっくりお休み。仕事に就かなくていいよ」

お松はやさしい声を出した。

3

朝になると、少し気が晴れた。

十年も前に終わってしまったことだ。今さら、蒸し返してなんになる。忘れることはできないが、心に蓋をしよう。

ともかく仕事をしなくちゃ。仕事は待ってくれないのだ。

紅葉といっしょに竹箒を持って外に出た。表通りの掃除をしていると、いつものように晴吾と源太郎が坂道を上って来た。

「おはようございます。いいお天気ですね」

「まったくです。朝稽古にはちょうどいい季節です」

そんな風に言葉を交わす。

紅葉もいつもと変わらず笑顔だった。

晴吾と源太郎の後ろ姿を見ながら、紅葉はつぶやいた。

「もしさ、生まれ変わったら、あんたはなにになりたい？」

「生まれ変わったら？　また、如月庵で働きたい」

「なんだよ。つまんない奴だなぁ」

紅葉は頰を膨らませ、竹箒を振り回した。

「……あたしはさ、部屋係じゃなくて、宿に泊まる人になりたい」

「そうね。一度、泊まってみたいわね」

「そうだよ。おいしい物を食べてきれいな着物を着て、お芝居を見に行くんだ。それで、夜はふかふかのふとんで寝る」

「うん、いいわね」

「ね、そうだよ。生まれ変わったあたしはぴかぴかのまっさらで、苦労もないし、悲しいことも、消してしまいたいこともないんだ」

「うん。すてき、すてき。それで、頭がよくてやさしい若様といっしょになる」

「ははは」

乾いた笑い声があがった。

振り返ると、紅葉が空の一点を見つめている。

「なんかさ、そんなことを考えてしまうとさ、今の自分がみじめに思えるね。……ううん、なんでもない」

紅葉は走り出した。


文吉のところにはまた別のお客たちがやって来ていた。

「お薬を飲むようになって、なんだか、ずいぶんと調子がいいんですよ。体が軽く感じられます」

白髪の老人が言った。

「それはよかったですねぇ。黄金酒《こがねしゅ》は続けていただくほど効果が出るんですよ。そうだ、今度、火焔丸《かえんがん》を試してみてはいかがですか。黄金酒と火焔丸をいっしょに服用すると効果が倍増するんですよ。私の知り合いの方の話なんですがね。膝が痛いと言って歩けなかった方が、この二つを二か月お飲みになったら、すっかり痛みが消えて、今ではどこへでも歩いていかれるそうなんですよ」

　文吉はそう言って、新しい薬を勧める。

「この前、いただいた薬ですけれどね、この娘には合わないいんじゃないかと思うんですよ。ほら、こんなに湿疹がひどくなってしまって……」

　そう言ったのは、年ごろの娘を連れた母親だった。娘の頬から首に赤い湿疹が広がっている。

「それは、今まで体の中に溜まっていた毒が抜けている証拠ですよ。一時的なものですから、しばらくすると消えますすよ。安心して飲み続けてください」

　落ち着いた様子で文吉は答える。その言い方はまるで医者のようだ。

　お客が帰って、部屋を片付けていると文吉が言った。

「俺のやっていることが分かっただろ」

「まるでお医者様のようでした。いつから、そんなに薬のことに詳しくなったんですか？」

「別に難しくはないいんだよ。こういうときには、この薬を飲めばいいいって分かっているから。それにさ、香川先生の薬はそりゃあ、よく効くんだ。俺は、ただ、こういう薬がありますよって説明をしているだけだよ」

文吉は自身たっぷりに答えた。

「梅乃もさ、俺たちの仲間になればいいのに。そうしたら、金持ちになれる。なりたい自分になれるんだよ」

「私は今の仕事が好きですから。この仕事がなりたい自分なんです」

「梅乃は欲がないなぁ」

「……それに始めるにはお金も必要でしょ。私はそんなお金がないから」

「なあんだ。そんなことを心配していたのか。それなら、大丈夫だよ。金なら貸してくれるんだ。薬のことも、売り方も、みんな上の人たちが教えてくれるから安心さ。借りたお金もすぐ返せるよ」

「いえいえ……」

「さっき紅葉にも、同じことを教えてやったんだ。喜んでいたよ」

「紅葉も？」

「あの娘は新しい自分になりたいんだってさ。だから、梅乃もいっしょに始めようよ。仲間がいたほうが心強いだろ。大丈夫さ、俺も上の人たちにいろいろ面倒を見てもらったんだよ」

「上の人って、この前来た善吉郎って人のことですか？」

「あの人は先輩だけど、俺と同じ平士だ。その上に人持、年寄とかある。一番上の人にまだ会ったことはないけれど」

「香川先生ってこと？」

「……あ、いや、香川先生はまた別でさ」

なんだか、この前の話と微妙に違う。

「じゃあ、どなたがお金を貸してくださるんですか？」

「ちゃんと、そういう人たちがいるんだよ」

「もし、お金が返せなかったら？」

「梅乃は心配性だな。聞いてて分かっただろ。毎日、お金が入ってくるんだ。その金でまた薬を仕入れて売るんだ。商いってのはそういうもんだろ」

「文吉さんもお金を借りているの？」

「もちろん」

「どれくらい？」

「ううん、そうだなぁ。結構な額だな。商いが大きくなると、それだけ扱う金も大きくなるんだよ」

文吉は借金が多いことが自慢のように言った。

なんだか、おかしい。もやもやする。


玄関に行くと、縦助が下足を片付けていた。

「縦助さん、ひとつ、聞いてもいいですか？」

「なんだ？」

「商いっていうのは扱う金額が大きくなれば、それだけ大きなお金を借りなきゃならないものなんですか？」

「そうとは限らないよ。金を借りたら利息を払わなくちゃならない。ふつうは、なるべく借金をしないように商売をするもんだ。それが、どうした？」

「離れのお客さんに講に入らないか誘われているんです。もちろん、そのつもりはないですけど。お金がないからって断ったら、元手は貸すからって」

縦助は渋い顔になった。

「例の文吉って男が言っているのかい？　それはおかしいよ。そんな甘い商いがあるはずはない」

「そうでしょ。でも、『すぐ返せるから心配ない。自分も借りている。商いっていうのは、そういうもんだ。扱う金が大きければ、借りる金も多くなるんだ』って」

「文吉って男もたくさん金を借りているのか？」

「みたいです。ねぇ、もしかしたら、あの講はやればやるほど借金が増える仕組みなんじゃないですか？」

「たぶんな。大きく儲けるためには、元手がいる。そんなことを言われて借金を増やす。胴元は利息でも、儲けるって仕組か。……金が回るうちはいいけど、回らなくなったときのことを考えると怖いな」

「あの人たちはお金持ちになると、なりたい自分になれる、夢がかなうって言うけど、それ、おかしいですよね。お金持ちになることと、なりたい自分になるのは別のことじゃないですか」

縦助はふと真顔になった。

「おい。まさか、紅葉はその話に乗ったりしていないだろうな」

「分かりません。でも、紅葉もいろいろ聞いているみたいなんです」

「ううむ。あの娘は危なっかしいところがあるからなぁ」

頭を抱えた。

「いいか。頭から反対したらだめだぞ。火に油を注ぐようなことだからな。それで、梅乃はなるべくいっしょにいるんだぞ。紅葉を一人で離れに行かせるな。その間にこっちもおかみや桔梗さんと相談しておく」

「分かりました」

梅乃は答えた。

そのとき、玄関にまた新しいお客が来た。どこかの大店のおかみと番頭のように見えた。二人ともひどくあわてている。

「申し訳ありません。上野広小路の船本屋《ふなもとや》の者です。至急、文吉さんにお目にかかりたいのです。夫の命がかかっているんです」

おかみは青い顔でのどから絞り出すような声を出した。梅乃は急いで二人を離れに案内した。

「文吉さん、助けてください。お願いします。また、発作が起こったんです。先ほど、宗庵先生に来ていただきまして、水薬を飲ませて少し眠ったんです。その後、こちらでいただいた白金水《しろかねすい》も少し。しばらくは落ち着いていたんですが、その後また、発作が。こんどは今までにないくらい激しくて、体が震えるんです。先ほど、桂次郎先生にも来ていただいたんですが……、先生はもう手の施しようがないとおっしゃる。もって今日一日だと」

そう言っておかみは嗚咽した。

「もう、頼れるのはこちらだけなんです。なんとかお願いします。大坂に行っている息子が明後日には戻って来るんです。せめて死に目に会わせてやりたいんです」

「どうぞ、私からもお願いをいたします。この通りでございます」

番頭は畳に頭をすりつける。

「まぁ、お二人とも落ち着いてください。大丈夫です。この文吉におまかせください」

文吉は静かな声で答えると、脇においた木箱の中から小さな紙包みを取り出した。

「これは、私どもの講を始めた香川芳成という者が、三十年の年月をかけて作り出した薬です。香川芳成はあの有名な香川修徳の一番弟子です。黄帝内経、神農本草経、大同類聚方など万巻の書物を読破し、ご自身で試されています。白雪膏はじめ、さまざまな薬を作り出しましたが、これはその中でも最高の品、秘薬中の秘薬です。常にはお出ししていない薬ですが、ほかでもない船本屋様のことですから、お渡しいたします。これを煎じて差し上げてください。飲み込めないなら、綿に含ませて唇にのせるだけでもよいでしょう。あとは、ご本人の気力次第です。お声をかけてあげてください。ご子息がお戻りになられるまで、なんとか命の火を灯せるよう、私も尽力いたします」

「ありがとうございます」

おかみは嗚咽した。文吉は紙包みを手にしたまま、小さく首を傾げた。

「ただ、申し上げにくいのですが、なにぶん、秘薬でもありますので値が……」

「かまいません。主人の命には代えられません」

おかみがきっぱりと言う。

「ご用意もいたしております」

番頭が胸に抱いていた箱を開けて、紙包みを取り出す。梅乃は息を飲んで手の平にのるほどの小さな、しかし重そうな厚みのある包みを眺めた。

これが、いわゆる噂に聞いた「切り餅」。小判を包んだものではあるまいか。

「恐れいります。では、どうぞお持ちください」

おかみは文吉から薬の入った紙包みを押しいただくと、すばやく立ち上がった。

梅乃は二人を玄関まで案内した。二人は待たせていた駕籠に乗って去って行った。

気づくと、いつの間にか文吉が玄関にやって来ていた。

「悪いな。一仕事終わったから、茶を頼みたい」

茶の道具を持って離れに行くと、紅葉がいた。

「やあ、紅葉がね、俺たちの仲間に入ると言ってくれたんだよ。だからさ、梅乃もどうかと思ってね」

紅葉の目の前には筆がおかれ、書付も用意されている。

「さあ、あとはここに名前を書くだけだよ。後のことは俺に任せてくれ。これから、紅葉は俺たちと新しい旅に出るんだ。これは幸せになる旅だ。まっさらな自分、なりたい自分になる旅だよ」

「うん、分かった」

頬を染め、紅葉は筆に手を伸ばした。

「梅乃も、今のやり取りを見ていただろう。いくら偉そうなことを言っても、このあたりの医者じゃあ、病人になにもしてやれないんだよ。本当に効く薬を持っているのは、俺たちなんだよ。それを分かっている人は、俺たちを頼るんだ」

「ああ、そうだね」

紅葉は操られるようにうなずく。

「人に喜ばれて、しかも金が入るんだ。立派な仕事だ」

「まったくだ」

「俺はこの仕事を始めて、毎日が楽しくてしょうがない。朝、目が覚めるだろ。今日はどんな人と会えるだろう。なにができるのか。そう思うんだ。それは今までにないことだよ」

「うん、そうか。それはすごいことだ」

紅葉は大きく息を吐く。

「さあ、早く、ここに名前を書いてしまいなよ。かなでもいいんだよ。書けなかったら、丸でも、三角でもいいんだ」

文吉がうながす。紅葉が筆を取る。

梅乃は思わず駆け寄って、紅葉の手から書付をひったくった。

「なんだよ、なにをするんだよ」

紅葉がうなり声をあげた。

「目を覚ましてよ。ここに名前を書いたらおしまいよ。借金だらけになって身動きができなくなるわよ」

「なんだよ、お前。勝手なことを言うなよ。どこにそんなことが書いてある。これは、みんなが幸せになる講なんだ」

文吉が声を荒らげた。

「きれいなことを言っているけど、本当は病人に高い薬を売りつけて儲けるのよ。宗庵先生も桂次郎先生も、長年医術を学んで、腕を磨いて来た人よ。あの二人の診立てと、ちょろっと薬のことを聞きかじっただけの文吉さんの言葉と、どっちが信用できるか、そんなの、考えてみなくても分かるじゃないの」

「ごちゃごちゃとうるさいなぁ。早く、その紙、返してくれよ。これはあたしの問題だ。梅乃には関係ないだろ」

「だめよ。返さない」

梅乃は書付をびりびりと破いた。紅葉の目が三角になった。

「なにすんだよ。この野郎。人の幸せを邪魔するのか」

紅葉が梅乃の胸倉をつかもうとし、梅乃の肘が紅葉の顔にあたった。

「痛い。やったな」

ばちん。紅葉が梅乃の頬を打つ。

「なにすんのよ」

「あんたが先にあたしを殴ったんじゃないか。お返しだよ」

二人はもつれあい、その拍子に急須と茶碗を蹴飛ばした。派手な音を立てて茶碗が飛び散る。紅葉は梅乃の髪をつかみ、梅乃は紅葉の肩をつかむ。よろめいた梅乃は座布団に足を引っかけ、二人は畳にどうと倒れた。

「やめてくれよぉ。二人とも落ち着いて。ねぇ、静かに話をしようよ。書付ならまだ、別にあるんだからさぁ」

文吉が情けない声をあげた。

紅葉は梅乃に馬乗りになって、体を揺さぶった。

「あたしはね、ただ幸せになりたいんだよ。大井のことも、みんな忘れて、まっさらになってもう一度やり直したいんだ。そう思うのはいけないことなのか」

「分かるわよ。紅葉の気持ちは分かるわよ。だけど、文吉さんの話には裏があるんだから、それに乗ったらだめだって言っているのよ。きれいな言葉で、夢を見させるけど、それは幻なんだってば。そこには幸せなんかないのよ」

「嘘だ。だれが、そんなことを言った。これは、本当に幸せになれるんだ」

文吉が叫んだ。

そのとき、音を立てて襖が開いた。

「あんたたち、お客の部屋でなにをやっているんだよ」

桔梗が鬼の形相で立っている。紅葉は梅乃の上から飛び降り、梅乃もあわてて体を起こした。

文吉の叫び声が消えぬ間に、宗庵がぬっと姿を現した。

「お前か、船本屋に偽薬を売ったのは」

ずかずかと部屋に入って来ると、いきなり文吉の胸倉をつかんだ。

「乱暴しないでください。なんなんですか、あなたは」

「俺は宗庵だ。坂の上で医者をしている。船本屋のご亭主もずっと診てきた。お前は自分がなにをしているのか、分かっているのか。なんで、あんな薬を飲ませた」

太い腕で文吉の首を締めあげた。

「乱暴をするな。離してくれ。自分の商いが邪魔をされたからって怒るのは筋違いだ」

文吉はかすれた声で答えた。

「お前は自分が売った薬に、なにが入っているのか、知っているのか」

「詳しい製法は秘薬ですからお伝えできませんが、香川修徳の一番弟子の香川芳成先生が苦心を重ねて作り上げた……万病に効く……」

宗庵はさらに文吉の首を絞めた。

「香川修徳なら知っているよ。有名な漢方医だ。だけど、芳成という一番弟子のことは聞いたことがない。いいか。お前が船本屋に持たせた薬はな、虫下しと胃薬と頭痛薬を混ぜたもんだ。それに墨の粉が入っている。それぐらいは調べりゃ、分かるんだよ。こっちは医者なんだ」

そう言って、手を離した。

文吉は畳にへたり込んだ。宗庵はその前にどっかりと座り込んだ。

「どうせ、お前は病人を飯の種、金儲けの相手としか見てねぇんだろ。俺もさ、ちょっとした頭痛、腹痛、熱さましの薬を売って商いをすることまで、文句は言わねぇよ。人には病を治す力があるんだ。おとなしくして寝てりゃあ、たいていの病気は治るんだ。適当な口上で金稼いでくれ。だけどなぁ」

そう言って、細い目で文吉をにらんだ。

文吉は体を小さくして、うらめしそうな顔で宗庵を見た。

「重病人に訳の分からない薬を飲ませるのは止めろ。頼む。それだけは、やっちゃあ、いけねぇことなんだ。船本屋のご亭主は、今、必死で病と闘っているんだ。目をつぶって、口もきけねぇ、体も動かせねぇ。だけど、五臓六腑は動いているんだ。心の臓も、肺も腎も、最後の力を振り絞っている。それはな、たとえば一日中、ずっと駆け足で山を登っているようなもんなんだ。疲れるんだよ。苦しくて、汗だくで、必死だ。それを少しでも楽にしたい。助けてやりたいってのが、医者なんだ。薬屋なんだ。違うのか」

宗庵は大きなため息をついた。

「だけど、人の命には限りがあるんだ。寿命ってもんがあるから、いつかは死ぬんだ。仕方ないんだ。そういうもんなんだ。息子に会わせたいとか、あと一日生きていてほしいとか、そんなのはこっちの都合だ。そう、うまい具合にはいかねぇんだよ」

どんと畳をたたいた。

「そういう人たちの弱さに付け込んで、妙な薬で病人を苦しませねぇでくれ。俺からも頼む。この通りだ」

そう言って頭を下げた。

文吉は肩を落とし、うなだれていた。その様子を紅葉は黙って見つめていた。

紅葉は二日ほどしおれていた。

けれど、三日目の朝、またいつもの元気を取り戻した。坂道を上って来る晴吾と源太郎に、明るい声をかけた。

「おはようございます。朝稽古、頑張ってくださいね」

「ありがとうございます。紅葉さんも梅乃さんもご精が出ますね」

「あはは。ご精ってほどじゃないですけどね」

短い挨拶を交わし、晴吾と源太郎は通り過ぎて行く。二人の背中が小さくなる。

「梅乃の言った通りだったよ。あたしは幻を見ていたんだ」

「うん」

「人はまっさらになって、生まれ変わったりはできないんだ。今の自分で生きていくしかない。突然、お殿様やお姫様にはなれないんだ」

「そうだね」

「だから、あたしは決めたんだ」

「なにを？」

「毎日を楽しくやるんだよぉおおお」

竹箒を抱えて母屋に向かって駆け出した。それは、いつもの紅葉の姿だった。

第三夜

豪傑現わる

1

梅乃と紅葉は朝から張り切っている。なぜなら、土用の丑の日だからだ。

「土用といえば、うなぎだよ」

紅葉は言う。

土用というのは立春、立夏、立秋、立冬の前の十八日間を指す。次の季節へ移るための準備といったところだろうか。なかでも、有名なのが夏の土用である。梅雨があけて本格的な暑さが来る。この日に精がつくうなぎを食べるとよいというのは、平賀源内《ひらがげんない》という有名な学者が、知り合いのうなぎ屋に夏場は客足がにぶって困ると言われて言い出したともいわれている。

如月庵でも、この日はうなぎを出す。酒飲みには白焼きや蒲焼きを厚焼き玉子でくるんだう巻き、ご飯好きにはうな重である。

「おお、今日は土用の丑の日だったなぁ。もう、そんな日か」

お客たちは喜ぶのだ。

部屋係やそのほかの者たちの賄も、うなぎだ。もちろん、うな重とはいかないから、ご飯に刻んだ蒲焼きや錦糸卵、きゅうりの輪切りを混ぜたうなぎ飯である。だが、板前の杉次がつくるうなぎ飯はめっぽううまいのだ。

「夕餉が楽しみだ」

「お腹を空かせておかないとね」

梅乃と紅葉が顔を見合わせて笑う。

しかし、夕餉の前にはひとつ、大仕事がある。

虫干しである。湿気を取って黴や虫から守るため、納戸などにしまってある着物や掛け軸、古い本などを取り出して陰干しすることだ。これがなかなか難儀だ。

二人が裏庭に行くと、すでに男衆たちが納戸から次々と荷物を取り出して来て、筵《むしろ》の上に積み上げている。

梅乃と紅葉はそれらにはたきをかける役だ。手ぬぐいで髪や顔をおおって、ぱたぱたとはたきをかける。そのたび、白くほこりやちりが舞い上がった。

「今年は、何年もそのままになっていた奥の戸棚を開けたんだよ。はたきがいがあるだろう」

小さな箒を手にした樅助が言った。

筵の上には桐箱が積み上げられている。桐箱はどれもあめ色に変色し、墨の文字がかすれているものもある。

「なんだか、すごく古そうだね」

ぱたぱたとはたきをかけながら紅葉が言った。

「これはみんな伊勢《いせ》様のものだからな。どれも、立派なもんだぞ。ていねいに扱ってくれよ」

「伊勢様ってどなたですか？」

梅乃はたずねた。

「お松さんの前に如月庵のおかみをしていた人だよ。お松さんは二代目なんだ」

「じゃあ、その伊勢様がこの如月庵を始めたんですか？」

「まぁ、そういうことになるな。武州《ぶしゅう》の九重《ここのえ》藩の奥女中をしていた方で、お松さんは伊勢様の下で働いていた。伊勢様が大名家を退いて如月庵を始めたときに、お松さんもついて来たんだよ」

「そうか。それで、ここは行儀作法に厳しいんだね。あたしが前いた大井の旅館なんか、もっと気楽なもんだったよ。あたしが見習いについていた姉さんは『ほい、小笠原流《おがさわら》』って言って襖を足で開けるんだ。だから、あたしは小笠原流っていうのは襖を足で開けるやり方かと思っていた」

紅葉が言う。小笠原流というのは格式ある武家の礼法である。もちろん、そんな不作法はしない。しかし、たくさんの膳を一度に運ばなくてはならない大井の宿の部屋係は、行儀作法にかまっていられなかったのだろう。

「ここに来たばっかりのころ、それをやったら桔梗さんにすごい勢いで怒られた。それから毎日、襖の開け方、畳の部屋の歩き方の稽古だよ」

「そりゃあ、桔梗は怒るだろう。あの人は武家の出だ。本式の小笠原流を身につけている」

樅助が呆れた顔になった。

梅乃も桔梗に行儀作法を教わった。おじぎをするときは背を丸めない、畳の縁を踏まずに歩けと口やかましく言われた。

しかし、そのおかげで、今は身分の高い人をお客に迎えてもさほど気後れすることがない。

紅葉は威勢よくはたきをかけ始めた。

「ほい、ほい、ほい。ほ、ほいのほい」

うなぎが待っていると思っているからか調子がいい。力が余って掛け軸が入っているらしい積み上げた木箱にぶつかる。木箱はがらがらとくずれた。

「もう、紅葉ったら。乱暴なことをしたらだめよ。大事なものが入っているんだから」

梅乃は箱を前と同じように積み上げた。

「あれ？　この木箱、底が二重になっているのかしら」

梅乃は手にした木箱の底に触れた。カタンと音がして、底板がはずれた。中から紙包みが落ちた。

「なにかしら？」

しっかりと封がしてあり、表になにやら文字が書いてある。

「秘密の手紙じゃないのか？」

紅葉が言う。

「まさか」

「おい、どうした。箱からなにか出て来たのか」

樅助がやって来た。

表書きを見た途端、顔つきが変わった。

「ちょいと借りるよ。とりあえず、お松さんに見せてくる」

足早に去って行った。

梅乃が厨房に行くと、水をはった桶の底に、よく太った黒いうなぎが十匹近くからまり合っていた。板場の見習いの竹助《たけすけ》がうなぎをつかもうと桶に手を入れ、「ひゃぁ」という叫び声をあげた。

ぬめぬめとしたうなぎが、竹助の腕にからみついている。黒い背中と白い腹がねじれて、蛇のようだ。

「頭をつかんだら、すぐに持ち上げるんだ」

杉次が大きな声をあげる。

「そのつもりだったんだけど……。ああ、痛いよ」

「仕方ない。そいつは放してやれ」

竹助がつかんでいたうなぎの頭を離すと、うなぎは体をほどき、ぼとりと桶に落ちた。

今度は杉次が桶に手を突っ込み、うなぎを取り出した。無造作につかんだように見えたが、片手でうなぎの頭をしっかりとつかんでいる。うなぎはだらりと体を伸ばして、垂れ下がった。

杉次はすぐ板にのせた。すばやく頭にくぎを打ち、出刃包丁を背に入れると、さっと一気に引き裂いた。

梅乃が一呼吸している間に、うなぎはさばかれてしまった。

俗に、うなぎは串打ち三年、さばき八年、焼き一生というのだそうだ。板前だからといって、だれでもうなぎがさばけるというわけではない。

すごい。やっぱり、杉次は並みの板前ではなく、武術の達人なのだ。

梅乃はため息をついた。

「あんまり近づいたらだめだよ。うなぎの血には毒があるからね。目に入るとだめなんだ」

杉次に言われて、梅乃はあわてて後ずさった。

「うなぎも杉次さんにかかるとおとなしいのね」

「急所があるんだよ。そこを指でしっかりとつかむとうなぎは動けなくなる」

杉次が答える。

「俺もそこを押さえたつもりだったんだけどなぁ」

竹助が残念そうに口をとがらせた。

その日、梅乃が部屋係を務めたのは、仲のよい二人の材木商の益次郎《ますじろう》と平五郎《へいごろう》だった。銘木が専門で、大名、旗本家にも出入りするという。

膳の上に蒲焼きがのっているのを見て、顔をほころばせた。

「おう、今日はうなぎかね。うれしいなぁ、そか、そっか。土用の丑の日だもんな、もう、そんな季節か。早いべなぁ」

「おまぇ、そんなお国言葉だと江戸っ子に馬鹿にされるぞ」

「ええじゃねぇか。ここはおめと二人しかいねんだ」

年嵩の益次郎と弟分らしい平五郎はすっかりくつろいだ様子になっていた。

「しっかし、立派なうなぎだべ。姉さん、この蒲焼きはどっかの店から買ったのけ」

「いいえ。こちらの板前がさばいております」

「ほう、そんりゃあ、すごい。さすが、如月庵だ」

「ああ、まったくだ。うちの方も太いうなぎは獲れるけど、江戸のうなぎはたれが違う。香ばしくて生臭さが全然ないんだよ」

二人はしばらく口をきかず、蒲焼きを夢中になって食べている。うなぎを平らげて、満足気な様子の平五郎が口を開いた。

「丑と言えばはぁ、丑三つ時だべさ」

そう言って、ちらりと梅乃の方を見た。草木も眠る丑三つ時、つまり夜の夜中だ。

どうやら、幽霊話をしたいらしい。

「あんた、根津の小石原様の幽霊の話を聞いているか。お屋敷を見に行ったかい？」

「はい。……行きました。すごい人でした」

「はぁ、やっぱりなぁ。うん、うん、そんで、その後、お祓いはしたんだろ」

「お祓いですか……？　いえ、別に……」

平五郎は待ってましたというように膝を打った。

「姉さん、ああ、そりゃあ、いかん。だめだよぉ、ああいうところはね、面白半分に行っちゃだめだ。後で、いろいろ障りがあるんだから。とぐに小石原様はよくねぇ。その後、怪我をしたり、病気になったりした奴がいっぺぇいんだ」

真顔になって語りかける。益次郎はにやにや笑って話を聞いている。

「まぁ、そうなんですか。あいすみません。物知らずなもので」

部屋係をからかうお客もいないわけではないので、梅乃は軽く受け流す。

「なんだよぉ、おらのこと、信用してねぇな。ほんとなんだべよ。おらの知り合いがね、そいつはよせばいいのに壁に落書きをしたんだよ。そのせいじゃないかねぇ。何日かして足をすべらせて大川に落ちて、溺れ死んじまった」

「それは……お気の毒なことで」

「そうだよねぇ。それまでぴんぴんしていた男なんだから。大川に浮かんでいるところを船頭が見つけてさ、死体を引き上げた。そしたらさぁ、髪はざんばら。その髪に藻だの、枯れ葉だのがからみついて、ひどいありさまでね。身元改めに来た家族がその姿を見て、泣きくずれた。『なんで、あんたは、人様の壁に落書きなんてひどいことをしたんだよ』」

　そこで平五郎は息を継ぐ。

「そしたらさぁ、死んだはずのその男が、突然、ぱちっと目を開けた。それで言ったんだ」

　――髪を洗えぇ、髪を洗えぇ。

「まぁ」

　梅乃は笑ってしまう。怖い話のはずなのに、お国言葉で語られるとのんびりして、少しも恐ろしくない。

「ほら、姉さんもおめぇの話を信じてねぇぞ。しょうがねぇなぁ。こいつはあっちこっちで、こういう与太話をしているんだ」

「はは、悪かったなぁ。だけんどさぁ、噂を聞いてお屋敷をひやかしに行った男が一人死んだってのは本当だよ。その噂が広まってから、見物人は来なくなった。今は、淋しいもんだ」

「お二人も小石原様のお屋敷にいらっしゃったんですか？」

「行ったよ。あそこは、金のかかったいい屋敷ってことで、俺たちの間じゃ、ちょいと有名なんだよ。もっとも今じゃ、殿様も御家中の人も近づかねぇ。人が住まないと屋敷は荒れるからねぇ。このまま廃れてしまうのは、あんまりもったいないよ」

　益次郎は煙管に火をつける。

「あそこは、昔っからなんやかやと噂があったしねぇ」

「そうだっぺなぁ。若い藩士と屋敷に出入りする髪結いが心中事件を起こした」

　梅乃は思わず顔をあげた。

「ああ、不忍池だったかな。その後、奥方が病死した。殿様も長年気分がすぐれないって聞くしね。あそこはそもそも、悪相なんじゃねぇのか。なんか、いっつもじめじめして、近づくといやぁな気分になるっていう人もいる」

　男たちは話に興じている。梅乃の頭の中では、先ほどの言葉がぐるぐると渦巻いていた。髪結いの心中事件。

　富八親分はどこの藩とも教えてくれなかったが、あれは小石原藩のことだったのか。

心中した髪結いと髪を洗えと言いながら現れる妖。

どこかでつながっていそうな気がして、梅乃は嫌な気持ちになった。


膳を下げて厨房に行くと、杉次が大きな木桶にうなぎ飯を用意していた。

「おお、梅乃か。いいところに来た。紅葉と二人で宗庵先生のところに届けてくれ」

毎年恒例のお裾分けである。

梅乃と紅葉は宗庵の医院にうなぎ飯を運んだ。宗庵の医院は診療を終え、残っているのは宗庵と桂次郎、お園と二人の女、入院中の患者である。

「先生、如月庵です。うなぎ飯をお届けにあがりました」

裏口に回り、声をかけると、宗庵が丸い体を現した。

「おお、そうか。今日は丑の日か。ありがたくいただくよ」

台所に行くと、お園が待っていた。

「悪いわね。梅乃たちも手伝ってくれる」

梅乃と紅葉も加わって、小さなにぎり飯にする。できあがった握り飯は竹皮にのせ、盆に並べた。

梅乃は手伝いの女といっしょに、骨折やねんざなどの男たちがいる部屋に行った。

大きなどびんに茶を入れた紅葉が後に続く。

「うなぎがたくさん入っていたら大吉。錦糸卵は中吉。たれの味だけなら、小吉だよ」

骨折やねんざだから、体は元気だ。男たちは体を起こし、大吉を取ろうと我先にやって来て、盆に目をこらして選んでいる。

「一度手に触れたら、それを取ってくださいね。あちこち触れたらだめですよ」

女が注意する。

男たちは手にした握り飯をあっという間に食べ始めた。

「お、当たりだ。うなぎが入っていた」

「俺のも、あるぞ。小さいけど」

大小はあるけれど、ほとんどのにぎり飯にうなぎの蒲焼きは入っているはずである。

「はい。のどに詰まらせないようにね」

紅葉がそれぞれの湯飲みに茶を注ぐ。

重篤な病人のところへはお園ともう一人の女が行った。少しずつ食べさせるという。

病人に配り終えて台所に戻って来ると、宗庵が来ていた。

「先生には大吉を残してありますよ」

女が言った。

「いや、いいよ。大吉はみんなで食べてくれ。俺ははずれで十分だ」

宗庵がそんな風に答えると、桂次郎も来て、仲間に加わった。

「如月庵のお二人もいっしょにどうぞ」

女が梅乃と紅葉も誘う。

「いえ、私たちは戻れば夜食に用意されていますから」

すかさず手を伸ばしそうになる紅葉を制して、梅乃が答えた。

「そんなこと言わないでさ」

「若いんだから、おにぎりのひとつくらい、どうってことないよ」

目の前に湯飲みとにぎり飯がおかれた。

それで全員で食べた。

「あら、大きなうなぎが入っている」

「そりゃあ、お前さんのふだんの心がけがいいからだ」

「それじゃあ、先生はやっぱりはずれだ」

軽口をたたいて笑う。その間に、患者の声が聞こえてお園が出て行き、戻って来ると桂次郎が交代で出て行く。医者と助手という以上の、信頼しあっている間柄ということが伝わって来る。

患者の容態を確かめ、急ぎ足で戻って来た桂次郎に年嵩の女が声をかけた。

「先生、申し訳ないけど、早く食べたほうがいいですよ。これじゃあ、いつまで経っても食べ終われない」

「まったくだ」

桂次郎はあわててにぎり飯を口に押し込み、叫んだ。

「あ、私のも大吉だ」

女たちは顔を見合わせて笑う。宗庵と桂次郎のにぎり飯に女たちは、とくに大きなうなぎの切れ端を仕込んでいたのだ。

空いた桶を受け取って外に出ると、空には星がまたたいていた。

「あんたのお姉ちゃんは、桂次郎先生といっしょになるのかな。そんな感じがするね」

紅葉が言った。

「そうね。そうなると、いいな」

梅乃は心からそう思った。

「だけどさ……」

「なんだよ」

「おっかさんが心中の片割れだってことが分かったら、まずいわよね。桂次郎さんは、そのことを知っているのかしら」

「言わなきゃいいじゃないか」

「分かるわよ、そんなこと、いつか」

「あのさぁ、そのことはあんたのお姉ちゃんと桂次郎さんでちゃんと話し合っているよ。あんたはなんにも心配することないよ。もう、忘れな」

「うん」

梅乃は黙ってしばらく歩いた。

湯島天神の前を通り過ぎると、道の先に如月庵の明かりが見えて来た。

「私の部屋のお客さんがね、さっき、小石原様のお屋敷の妖のことを話していたの」

「髪洗え女か。それで？」

「あのお屋敷で昔、髪結いの女と藩士の心中事件があったんですって」

紅葉はなにも答えなかった。

二人がいつも朝、掃除をするあたりまで来たとき、突然、大きな声でたずねた。

「……あんた、まさか、自分のおっかさんが髪洗え女になったなんて、思ってないよね」

「……それはない……わよ」

「そうだよね。そんな馬鹿なことを考えているんじゃないかと思って心配したよ」

「……でもさ、あのお屋敷は祟られているって言われているのよ。立派ないいお屋敷なのに、殿様も御家中の人も近づかないって部屋のお客さんが言っていた」

「あのさ、梅乃。髪洗え女の話は作り話だよ。みんなが面白おかしく言っているだけで、本当にはそんなもんはいないんだ。ああいうのは、みんなだれかが考えた作り話だ」

「……心中事件の後、奥方様は病気で亡くなって、殿様もずっと気分がすぐれないんですって」

「だからさぁ、そういうのはたまたまなんだよ。あんたのおっかさんとは、全然関係がないよ」

「だけど……」

「じゃあさ、また、明日、小石原様のお屋敷に行ってみようよ。そうしたらさ、あんたも、おっかさんのことと髪洗え女とはまったく別のことだって分かるから」

「……そうかしら」

「あったりまえだよ」

紅葉は元気よく答えた。

2

手の空いた午後、梅乃と紅葉は小石原藩の屋敷に出かけた。

祟りがあるという噂が広まったせいなのか。それとも、気まぐれな江戸っ子は飽きてしまったのか、見物人は一人もいない。表門は閉じられて広い屋敷はひっそりとしていた。

「なんだ、人っ子一人いないじゃないか。それもつまらないなぁ。よし、裏に回ってみよう」

紅葉が塀に沿って歩き出す。よく見ると、屋敷はずいぶんと荒れていた。石垣だけは立派だが、壁土が落ちているところがある。手入れされていない木立は伸び放題で、枯れ枝がそのままになっているし、隣同士でからみ合っているところもある。金のかかったいい屋敷と知られているというが、中も荒れているのだろうか。

「人の気配がないわねぇ。だれも住んでいないのかしら」

梅乃は首を傾げた。

「お、このあたりがいいんじゃないのか」

紅葉は生垣の間に人一人がもぐりこめるくらいの小さな隙間を見つけて、頭をもぐりこませた。

「ちょっと、なにをしているのよ。勝手に入ったのが見つかったら大変よ」

「大丈夫、大丈夫。新参の女中で道に迷ったって言えばいいんだよ。前にも、こんな風に入ったことがあったじゃないか」

すでに紅葉の体の半分は生垣に隠れている。たしか以前にも、同じようにして麻《あざ》布《ぶ》の別邸にもぐりこんだことがあった。あのときは、雄鶏に突かれて痛い目にあった。

「早く。人が来ないうちに。梅乃もおいで」

紅葉のくぐもった声がする。

梅乃もあわてて続いた。

中に入ると、下草が生い茂る雑木林だった。二千坪だか三千坪だかある屋敷の裏の隅にいるらしい。しばらく歩くと、藩士が住む長屋が見えてきた。どの家も戸が閉まり、家の周りには雑草が茂っている。

人の気配がない。鶏も猫もいない。

進むと立派な蔵とさらに立派な屋敷があった。こちらも雨戸が閉まっている。

「赤穂《あこう》浪士はさ、屋敷の見取り図を手に入れるのに苦労をしたんだよ」

突然、紅葉が言った。

屋敷は三階建てで、広さは如月庵の倍、いや三倍もあるように見える。吉良《きら》邸もこれぐらい広かったのだろうか。それなら、屋敷の見取り図がなくては迷子になってしまう。

「吉良上野介《こうずけのすけ》は炭小屋に隠れていたんだよ。よく見つけたね。全部の部屋をくまなく探したのかなぁ。夜なのにさ」

全部の押入れも床下も天井裏も調べたということだろうか。だとしたら、四十七人いても、相当な時間がかかったのではあるまいか。

「雪が降っていたでしょ。だから、足跡が残っていて、それをたどって炭小屋にたどりついたのよ、きっと」

「ふん。大勢で斬りあったんだ。足跡なんか、ぐちゃぐちゃだよ。仮に足跡を見つけたとしてさ、どうして吉良のものだって分かるんだよ。茶坊主とかお女中とか、たくさんいたんだよ。そういうところが、お芝居だね」

紅葉は憤然として言う。

太陽は高く、明るい日差しが満ち、鳥の声が聞こえる。

静かだ。

それが、かえって不気味だ。

「人気のないお屋敷って、なんか、怖くない？」

「うん。なんか、出そうだ」

怖がりの癖に幽霊話の大好きな紅葉は、むふふとうれしそうに笑う。

突然、なにかを引っ張るような大きな音がした。門を開けて、だれかが入って来たらしい。

梅乃と紅葉はあわててあたりを見回し、隠れられそうな場所を探した。

がさがさと枝がこすれる音が近づいて来て、少女が姿を現した。年は十三、四。藍色の着物で両手に大きな風呂敷包みを抱えている。

「あんた、だれ」

紅葉がたずねた。

「あんたたちこそ」

娘がにらむ。

「あたしたちは……、その、あの、このお屋敷に新しく雇われた女中なんです」

「そんなはずはないよ。もう、ここにはだれもいないんだから。あ、あんたたちは物盗りなんだな」

「違うよ。あたしたちは髪洗え女の噂を確かめに来たんだよ。見物に来たんだ」

「はぁ？」

そのとき、がらがらと大きな車輪の音がして荷車とともに、男が姿を現した。ひげ面で腕はこん棒のように太く、刀を二本差し、背中には熊の毛皮を背負った大男だ。

「髪洗え女を見に来たって？　威勢がいいなぁ。だけど、勝手に人の家に入っちゃいけないいな」

「すみません」

梅乃は素直に頭を下げた。

「まぁ、いいさ。俺たちも妖の正体を確かめに来たんだよ。もっとも、俺たちはお殿様から頼まれたんだけどな」

「あたしたちはここで十日暮らすんだ。それで、もう、妖が出ないってことになったら、ご褒美をいただいて仕官もするんだ」

娘が得意そうに答えた。

「まぁ、簡単に言うと、そういうことだ。こんな立派なお屋敷をいつまでも空き家にしておくわけにいかんだろう。ともかく、妙な噂を払拭したい。昔からそういうときは豪胆な侍の出番だ」

「なるほどね。芝居だと、二枚目の看板役者の出番だ」

紅葉がからかう。

「そうだなぁ。だけど、あいにくと二枚目は出払っていてね。俺は荒木権左衛門《あらきごんざえもん》という。こっちは娘のりんだ」

白い歯を見せて笑った。目が糸のように細くなり、愛嬌のある顔になった。

「私は梅乃、この人は紅葉。湯島の宿の部屋係をしています」

梅乃が答えた。

「そうか。湯島からわざわざ、妖を見に来たのか。悪いな、ちょいと手伝ってくれるか。いっしょに中を見たらいい」

言われて梅乃と紅葉は布団といくつかの風呂敷包みがのっている荷車を押して、屋敷の勝手口まで行った。

権左衛門が戸を開ける。

中は暗い。しかも、しばらく閉め切っていたので、少し埃臭い。

権左衛門が懐から間取り図を取り出し、りんが手燭に火を灯す。

「床になにかあるといけないから、お前たちも土足であがれ」

長い廊下を権左衛門、りん、梅乃と紅葉の順で続いて進む。

「勝手口から入って、廊下をまっすぐ来たんだから、殿様がいたのは、この部屋か」

権左衛門は当たりをつけて、部屋に入る。雨戸をはずすと、ぱっと光が入って来た。

「大当たりだな。ここが、殿の御座所だ」

目の前は築山のある広い庭である。

しかし部屋の中は大変なことになっている。襖は切り裂かれ、障子は破れ、畳の上には割れた壺のかけらが散乱していた。

「この部屋の天井から、髪を洗えって女が降りて来たんだな」

紅葉がうれしそうに天井を見上げる。

「そうかもしれないな。ともかく、ここで十日を過ごすんだから、まずは掃除をしなくちゃならないな」

権左衛門は当然という顔で言う。

「怖くないんですか？」

梅乃はたずねた。

「なにが怖いもんかね。俺は妖、幽霊、悪霊、そういうものを一切信じていない。みんな幻だ。怖いと思うから、見えて来る。もしも、そういうものがいるとしたら、ここだ」

自分の胸をたたいた。

「一番怖いのは人だ。妖は人の心の中に住んでいるんだ」

「あ、まぁ、そうかもしれないね」

紅葉は興味深そうに部屋の中を歩き回りながら、適当な感じで相槌を打つ。

「だけど、あんたたちは髪洗え女を見に来たんだろ。人の心よりも、妖の方が面白いと思っているんだ」

りんが鋭いことを言う。

「そうだよ。もちろんさ。人の心の中は見えないけど、髪洗え女は見える。見たって人がたくさんいるじゃないか」

「ははん、そうだよな。絵にも描かれているよな。俺も見たよ。それで、最初に小石原藩の人にたずねたんだ。実際に見たという人に会わせてくれ。どういう姿をして、いつ、どこから現れたのか。妖は本当に髪を洗えと言ったのか。妖と対峙するには、そこが大事なところなんだって。だけど、いろいろ理由をつけて会わせてくれなかった」

「それは、つまり、どういうことなんですか？」

「おそらく実際に見た人はいないんだよ。ただの噂なんだ」

「ええっ、だれも見ていないの？」

紅葉が振り返った。

「そうだよ。だから言っただろ。髪洗え女はいないんだよ」

「じゃあ、なんで、この部屋はこんなひどいことになっているんだよ」

「そうだよな。そこは謎だ。まぁ、ともかく、俺たちはここで十日過ごせばいいんだ。そうすりゃ、ご褒美がいただけて仕官の道が開ける」

「米も野菜も用意してくれたんだ。薪があるから風呂も炊いていいんだってさ」

りんが明るい声をあげた。

「ああ、こんなうまい話はないよ」

権左衛門ものんきな様子になった。

如月庵に戻ったのは、夕方近かった。

「梅乃、紅葉。二人ともどこに行っていたんだい。お客様はもう、戻っていらしたよ」

桔梗が怖い顔をして立っていた。

梅乃はあわてて茶の支度をしてお客の待つ部屋に向かった。

「ああ、俺たちも今、けぇって来たところだ。ありがとうね。ちょうど、茶を飲みたいと思っていたんだよ」

平五郎がのんびりとした様子で言った。

「お仕事はいかがでしたか?」

「ああ、いい具合に進んだよ。おかげさまでね」

益次郎が答える。

「こっちもさ。うまい飯とあったかい風呂が楽しみだ」

「ありがとうございます」

梅乃が茶を入れていると、二人の話が聞こえた。

「ちょいと耳にはさんだんだけどさ、小石原様の屋敷な。どうも、別の方が入るらしいんだ。まぁ、あれだけの屋敷をそのままにしておくのはもったいないからね」

「そうか。それで、どなたが来るんだい？」

「それは聞いてねぇ。だけどさ、小石原のご当主が反対しているんだって」

「だって、大名屋敷は拝領だろ。自分のものじゃないんだ。反対もなにもないよ」

「まぁ、ご当主は重病で寝たきりらしいから、周囲がおいおい説得するんだな」

「だけど、例の髪洗え女の噂はどうするんだい。妙な噂が立ったままでは、後から入る方だって気持ちが悪いだろう」

「うん、だからさ、策を練ったんだって。十日ほど、猛者に住まわせて、みごと妖を追い払いましたってことにするらしい」

そうですよ。私は今日、その人に会ってきましたよ。

梅乃は胸のうちで答える。

「うん、そりゃあ、名案だな。なるほどなぁ。そうか。新しい方が入るとなると、また、あちこち普請だな」

「そのときは、いろいろお願いするかもしれないって言われたよ」

「ああ、そりゃあ、楽しみだな」

二人は機嫌よくしゃべっていた。

権左衛門の話と符号する。なるほど、なるほど。

梅乃は合点する。

それにしても、益次郎も平五郎も髪洗え女を少しも怖がっていない。ちょっと面白いお話程度だ。商いにつながるかどうかの方が、興味がある。やっぱり、髪洗え女なんていないんだ。

梅乃はだんだんそういう気持ちになってきた。


厨房に行くと、杉次が夕餉の膳を用意していた。

「二人して、どこに行っていたんだ？　なかなか戻って来ないから、桔梗さんが心配していたぞ」

魚をさばきながら、たずねた。

「すみません、ちょっと」

「例の小石原様のお屋敷に行っていたんだろ」

どうして分かるのか。

「それぐらいお見通しだよ」

杉次は片頬で笑う。

「そうですか……」

梅乃は肩を落とした。

「種明かしをしようか。今日、富八親分がたずねて来たんだ。話のついでに、梅乃がおっかさんのことを聞きにたずねて来たって教えてくれた。あんたのおっかさんは、小石原様のところに出入りしていたんだね」

「そうらしいです」

「残念なことをした」

「はい」

「だけど、変だよな。あんたのおっかさんは女髪が得意だったんじゃないのか」

「そうらしいです」

「奥方の髪を結っていて、どうして藩士と知り合いになるんだよ」

「……そうですね」

考えたことがなかった。

「遠くて近きは男女の仲なんて言うけどさ。そんなに簡単にお近づきにはなれないぞ」

ましてや心中するほどの仲になるのは。

たしかにおかしい。

「二人で小石原屋敷に行ったんだろ。なにか分かったか？」

梅乃は報奨金目当ての親子に出会ったことを伝えた。

「ほう。そうか。十日暮らしてご褒美と仕官か。しかし、なかなかの豪傑だな。頼もしい。梅乃たちはまた、様子を見に行くのか。だったら差し入れを持って行ってやれ、いろいろ話を聞かせてくれるかもしれねぇから」

杉次は干物を何枚かくれた。

手の空いた午後、梅乃と紅葉は小石原屋敷に出かけた。

勝手口で声をかけると、二人は元気な様子でやって来た。こざっぱりとしているのは、あれから風呂に入ったからだろうか。

「昨日はよく眠れましたか？　なんか、怪しいものは出て来ませんでしたか？」

梅乃がたずねると、権左衛門はひげ面をなでながら答えた。

「ああ、出て来た。一つ目小僧とろくろっ首だ。だから、そいつらに床掃除をさせた」

「ひゃあ」

紅葉がうれしそうな声をあげる。

「……だったらよかったのにな。なあんにも出て来ねぇから、自分たちで掃除した。廊下が長いから、いい鍛錬になるんだ」

誘われて座敷に行くと、散乱していたあれこれは片付けられ、破れた襖や障子は別の部屋のものと取り換えられ、見違えるように整っている。

「今、りんに茶を入れさせるから、ゆっくりしていけ。庭を眺めていると、ちょっとした殿様気分だぞ」

庭には明るい日差しが降り注ぎ、青葉を照らしている。あじさいが満開で、池には睡蓮も咲いている。どこか別の世界に来たような気がする。

りんは来客用らしい金を蒔いた豪華な湯飲みに茶を入れて運んで来た。

「こんな湯飲みで茶を飲んだことないよ」

紅葉が驚いて言う。

「俺たちだってそうだよ。どうだ？　湯飲みが立派だと茶もうまいだろ」

「おいしいです。お茶の入れ方も上手です」

「おい、そうだってよ。よかったな」

権左衛門に言われてりんもうれしそうにしている。

「今朝、庭を歩いていて気づいたんだ。あの池にうなぎがいる」

「へぇ」

「だから、罠を仕掛けた。捕まえたら蒲焼きだ」

「それは楽しみですね」

「うん。だけど安心しろ。錦鯉は食わねぇから」

「あれは食べるものじゃないよ」

紅葉が言った。

「腹が減ってたらなんだって食うよ。あんたたちは、そういう思いをしたことがないんだ」

りんが強い目をした。

「そうだなぁ。だけど、りん、安心しろ。もう、腹を空かせることなんかないんだよ」

権左衛門がやさしい声を出した。

二人はどこから来たのだろうか。なぜ、浪人になったのか。今まで、どんな暮らしをして来たのか。

権左衛門はひげ面で恐ろしそうな顔つきをしているが、荒くれ者ではない。りんもぶっきらぼうな物言いをするが、まっすぐな気性のように思える。

「よし。今のうちにひと寝入りして夜に備えよう。今日こそ、髪洗え女が出て来るかもしれん」

勢いよく権左衛門が立ち上がった。

3

梅乃がお松の部屋に行くと、お松は掛け軸の入っている細長い木箱を風呂敷に包んで、出かける支度をしていた。二重底になっていた、例の木箱である。

「これから谷中の伊勢様のところに行くからね、お前もついておいで」

「私がですか？」

「ああ。箱の中になにが入っていたのか、あんたも知りたいだろ。面白い話を聞けるよ」

お松は答えた。

伊勢は谷中の寺の隅に庵を結んでひっそりと暮らしていた。山門を入り、本堂の脇の道を抜けて奥に進む。

雀の鳴き声に交じり、どこからか読経の声が流れてきた。

「静かですね」

「ああ、山の中のようだろう。伊勢様は今はここで静かに暮らしていらっしゃるんだよ。小さな畑で食べるものも少しは自分でつくって、米なんかは買うけれどね」

お松は何度も来たことがあるという風に、先に立って進む。梅乃は持たされた風呂敷包みを持って続く。中は杉次のつくった弁当で、竹筒に入れた吸い物も添えてある。

竹藪のかげに古い、小さな庵があった。

お松は大きな声で呼びかけた。

「お久しゅうございます。伊勢様、松でございます」

奥から衣擦れの音がして、女がゆっくりと現れた。やせて小さく、背中が少し曲がっていた。白髪を小さな髷に結っていた。それが伊勢だった。

「おお、お松か。久しぶりだねぇ」

低く、ゆっくりとした、けれど力のある声で答えた。

「伊勢様も息災のご様子。うれしく思います」

お松はていねいに頭を下げた。玄関脇に四畳半ほどの一間があり、その先が仏間で、奥に一間と厨がある。それが庵のすべてだった。

「ご挨拶をさせていただきます」

お松は仏間に入ると、線香をあげてお参りをした。梅乃も続く。幅は一間、人の背ほどの漆塗りの仏壇で、中の仏具は磨き上げられ金色に光っている。この家で目をひくのは、大きな仏壇だけで、ほかには飾りの人形ひとつおいていない。

「お前さんが来るって聞いていたら、なにか用意しておいたんだけどねぇ。あいにくと、なにもない」

「ご安心ください。私がすっかり用意してまいりましたから。お昼はまだでございましょう？　お弁当でもいただきながら、積もる話でもいたしましょうか。梅乃、あんたがお茶を入れておくれ。吸い物も温めてね。厨はこの先だから」

お松がてきぱきと指図した。

北向きの小さな厨は水瓶と七輪、水屋には一組の食器、籠に野菜が少し入っているだけの質素なものだった。

梅乃は七輪に火を入れ、吸い物を鍋に移して温めた。風呂敷を開けると、杉次はほうじ茶の茶葉や汁物を入れる器まで用意してくれていた。伊勢の厨の様子を分かっていたような準備である。

吸い物が温まるのを待ちながら厨の中を眺めた。

そこは潔いほど、ぎりぎり必要なものしかなかった。しかし、床は隅々まで拭きあげられ、野菜を入れた籠に泥ひとつついていない。丹念に、日々欠かさず掃除されていることが分かった。

伊勢自身が行っているのだろうか。

梅乃は吸い物を椀に注いだ。かつおだしの温かな香りが広がった。

器に移し、吸い物を持って行くと、二人は弁当を広げたところだった。

一人前ずつの塗りの弁当箱の中身は柿の葉ずしである。若い柿の葉に、小さな寿司が包んである。平目と鯛の昆布じめ、煮はまぐり、紅色に煮あげたえび、ほかに卵焼きとたたいた梅干で和えた青菜が添えてあった。

「きれいな色だねぇ」

伊勢は目を細めた。

「毎日、ちゃんと召し上がっていらっしゃいますか」

「それがこのごろ、だんだん億劫《おっくう》になってしまってね。だって、ご飯を炊いても食べるのはほんの一口だもの。朝、炊いて、夜食べて。三日はある」

「腐りませんか？」

「だからね、このごろは薄く伸ばして干すんだよ。せんべいだね。そうすると、日持ちがする。ああ、だけど、これからの季節は、それも難しいね。いっそ、食べるのをやめてしまおうか」

「そうなったら仙人ですねぇ」

「まったく。霞を食って生きていられたらいいのに」

伊勢とお松はそう言って笑った。伊勢の手はしわが寄って、指は小枝のように細く、ごつごつしていた。

二つ、三つ、口に運ぶと、伊勢はもう満腹になってしまったらしい。うっとりとした目になった。

「若い人は、もっと食べられるだろ。私の分も食べておくれ」

そう言って、梅乃に弁当箱をよこした。

梅乃がほうじ茶を入れ、お松と伊勢は語らった。今年は鶯《うぐいす》がよく来たとか、梅干を漬けたとか、夜眠れなくなるので昼間は起きていることにしたとか、あれやこれやと伊勢が語り、お松が聞く。

やがて、お松はいよいよ本題に入るという表情になって、包みを解き、木箱をひとつ取り出した。

「久しぶりに納戸の荷物を出しましたらね、こんなものが出て来たんですよ」

「なんだね、これは……。お軸かい？」

「ええ。あのころのものはすべて燃やしたと思いましたのにね。残っていたんですよ」

お松は木箱の中から掛け軸を取り出すと、するすると畳の上に広げた。細筆で流れるような文字が書かれている。

「九重や　玉敷く庭にむらさきの　袖をつらぬる千世の初はる。風雅和歌集 第一巻、女御入内の折の藤原俊成《ふじわらのとしなり》の歌でございます」

伊勢がなにかを思い出すように首を傾げた。

「『姫よ、玉を敷いたような美しい庭に、高貴な方々の紫の袖が並ぶようすは、千年と続く初春のようだ』。秋信《あきのぶ》様のお誕生を寿ぎ、九重藩、藩主の村崎《むらさき》様にちなみ、これからも栄えますようにという意味をかけています」

「ああ、これはたしか……」

「秋信様のお誕生のお祝いに仕立てたものでございます」

「そうだった、そうだった。私が中老としてお仕えしていた秋信様のね。……あれ？　もしや……、この木箱は」

「はい。その通りでございます」

お松は木箱の底をはずし、中から白い紙包みを取り出して広げた。

突然、不穏な気配が立ち上がった。

いくつもの名前が並び、下の方には赤黒いしみ。いや、指の痕だ。

血判状である。

梅乃ははっとして、二人の顔を眺めた。

遠くで鳥の声がした。

「こんなものが出て来たのか」

「はい。箱の底がはずれて現れました。もう、見ることはないと思っていましたのに」

伊勢は血判状をじっと見つめた。

「なぜだろうね。私は一昨日、夢を見たんだよ。いとこの源三郎《げんざぶろう》が私のところに来てね、大変なことになったと泣いているんだ。泣いていちゃ、分からないじゃないかと言っても答えない。それで目が覚めた。私も泣いていた」

「今、こうして改めて見ると、悲しい気がいたします」

お松が言った。

「禍々しくて、少し滑稽でもある。お松は、この若い人に昔話を聞かせるつもりで連れて来たのかい」

「はい。だれかに伝えておきたいので」

「そうだね。私たちと同じ間違いを犯さないようにしなくてはね」

「よろしくお願いします」

梅乃は居住まいを正した。


伊勢は静かな声で語り出した。

「今はもうなくなってしまったけれど、武州に九重藩という小藩があった。四方を山に囲まれて、きれいな川が流れていた。人々は山を切り開いて米をつくり、芋を育て、野菜を育てた。私は江戸上屋敷に中老として、お松は小姓として身の回りのお世話をするお役を賜っていた。ご正室の弥津《やつ》様には一粒種の秋信様がいらした。秋信様はかわいらしく、利発で、輝くようなお子様だった。ご当主の靖昭《やすあき》様、弥津様はもちろん、私たち、お傍に仕える者も秋信様の健やかなご成長を楽しみにしていたんだよ」

秋信が十歳になった夏、いとこの源三郎から書状が届いた。開けてみると、この血判状と長い文が入っていた。

「血の色も鮮やかな血判状を見て、私は腰を抜かしそうに驚いた。文には、もっと驚くことが書いてあった。国元の藩士の間で秋信様はうつけだという噂が流れている。このままでは秋信様は廃嫡になるかもしれない。我らは命をかけてお守りするというのだ。すぐに老女様に相談した。老女様は噂の真偽をたしかめた。すると、たしかに、そういう動きがあるということが分かった。……ひとつ、心当たりがあった」

半年ほど前、九重藩の屋敷のある谷中の寺で、先代の菩提《ぼだい》を弔う法要を行った。秋信も当主とともに席についた。

「秋信様はとても繊細なご気性の方で、知らない場所が苦手だ。そして人見知りでもある。奥にいるのは侍女ばかりだから、大人の男たちを見慣れていない。体の大きな、声の太い殿方は少々怖いのだ。けれど、その日はお母上からもよく言い含められていたせいか、終始落ち着いているように見えた。つつがなく、終わろうとしていた」

突然、鳥が騒ぎ出した。ぎゃあ、ぎゃあと異様な声で鳴いている。秋信は怯えた目をしてあたりを見回した。けれど、母も侍女たちの姿もない。周りは見知らぬ男たちばかりだ。

不安になった秋信は体を揺すり始めた。

傍にいた者が落ち着かせようとして声をかけ、着物に触れた。

秋信は驚き、混乱し、大声をあげた。

「数名の藩士たちがその様子を見た。そして国元に戻って、仲間たちに伝えた。その噂は尾ひれがついて広がった。秋信様はお世継ぎにふさわしくない。春安《はるやす》様こそお世継ぎにふさわしい、と言う者がいたのだ」

春安とは、国元にいる二歳違いの側室の息子である。

「その者たちは喧伝した。春安様は学問に秀で、剣をとっても、弓を引いてもお見事だ。江戸にいる私たちも、春安様が大人顔負けの馬術の技を持つという噂を聞いた。八歳の子供なんだよ。剣に、弓、馬術など、できるはずがないじゃないか。剣も弓も型を見せるだけ、馬術は手綱を引いてもらっている。それでも、藩士たちの喝采を浴びるには十分だ」

「つまり、九重藩には秋信様、春安様、それぞれを推す二つの勢力ができてしまったということですか」

梅乃はたずねた。

「そうだよ。源三郎は文に書いてきた。秋信様を推すのは、穏健派の家老の安藤彦《あんどうひこ》次郎《じろう》様。春安様を推すのは、急進派の家老の門田要蔵《かどたようぞう》様。このところ門田様が力をつけて、なにかと安藤様とぶつかっている。門田様は、ついにお世継ぎの件でも横車を押してきたのだ。このような無理を通しては、ご政道とは言えない。自分たちはなんとしても、秋信様をお守りする、とね」

伊勢は悔しさと悲しさの入り交じった表情をしていた。

「私たちは秋信様がいかに聡明で、お心映えも素晴らしく、お世継ぎにふさわしい方かをよく知っていた。ご当主も、秋信様の成長を楽しみにしていらっしゃる。それなのに、どうして、そのような話が出てしまうのか。そもそも、秋信様がいらっしゃるのに、春安様をお世継ぎにしようなどというのは、言語道断。門田、憎し。源三郎たちは、なにをしておる、動きが遅いと歯嚙みをしていた」

国元では藩士は秋信様を推す安藤派、春安様を推す門田派に二分し、ことあるごとにぶつかるようになっていた。

ついに決定的なことが起こった。

酒を飲んでいた二派の藩士が、ささいなことで言い争いとなり、死者が出た。それは、本格的なぶつかりあいに発展した。

「藩内の争い事はご法度なんだ。とうとう幕府の知るところとなり、九重藩には改易の沙汰がおりた」

取りつぶしである。

「小さな藩だ。藩士の数も知れている。祖父母の、そのもっと前から、みんな仲良く、暮らしていたのだ。どうして、斬りあいになるほど憎み合ってしまったのか。今となっては分からない。ふるさとも、なにもかも失った」

伊勢は語り終えると、目を閉じた。

梅乃は部屋の奥の大きな仏壇を眺めた。

源三郎はどうなったのか。秋信、春安は今、どこにいるのだろうか。

「生き残った者は死者の声を聴くことはできない。見送ってやるしかできないんだね」

伊勢はつぶやいた。

みんな死んでしまったのだろうか。

「この血判状も弔ってあげましょう」

お松はつと、庭に出ると、柴をおき、火をつけた。赤い炎があがったのを見届け、血判状をくべた。たちまち炎が走り、文字は見えなくなった。黒い煙があがり、くるくると丸まって気づくと灰になっていた。あっけないほど、わずかな間だった。

伊勢とお松はなにも語らず、黒い煙の行方を眼で追っていた。


午後の遅い時刻に、お松と梅乃は伊勢の庵を辞した。寺と屋敷が続く、静かな小道を歩きながらお松が言った。

「九重藩の上屋敷があったのは、このすぐ近くなのだよ。今は、別の方が住んでいらっしゃる。私は長いこと、このあたりに来ることができなかった。だから、伊勢様がこちらに庵を結ぶと聞いたときは驚いた」

「伊勢様は如月庵のおかみを辞めて、こちらにいらしたんですか」

「そうだよ。九重藩が改易と決まり、伊勢様は上野のある寺に身を寄せた。下働きをしていたけれど、才覚のある人だからね、いつの間にか台所を仕切り、大きな法要の折には段取りを任されるようになった。その様子をご覧になったある方が、宿のおかみをやってみる気はないかと声をかけた。……その方が、真鍋様だよ」

「真鍋様……源太郎さんの義理の父上の……」

「そうだよ。まだ、勘定奉行になられる前だ。気軽に立ち寄って、自分の家の離れのように使える、そんな場所が欲しいということだった。湯島に古い宿があり、そこがおかみを探している。伊勢様の思うようにやっていいと言われた。私もついて行くことにした。おそろしく物覚えのいい男がいると人に教えられて、縦助を呼んだ」

　お松は遠くを見る目になった。

「その後桔梗、杉次も雇った。伊勢様がいたのは五年ほどで、それからは私がおかみを務めた。形ができたから、ご自分の仕事は終わったと思ったんだろうね」

　木漏れ日が降り注ぎ、どこからか花の香りが流れてきた。

「そうやって、いろいろな人が集まってきた。不思議だね、みんな、それぞれ、なにかしら心に抱えていた。ひみつって言ってもいいだろうね」

「私もですか？」

「上野のお救い所であんたに会ったとき、どこかで以前、会ったような気がした。話をして、髪結いのお京さんの娘さんだってことに気がついた。声もそうだし、ちょっとした話し方がよく似ているんだよ」

「お松様はおっかさんのことを知っていたんですか」

「知っているもなにも、如月庵に髪結いとして来てもらっていたよ。二十年も前になるかねぇ。若いけれど、とても腕のいい髪結いがいると紹介されて来てもらった。まだ独りだったね。そのうちに和菓子職人といっしょになって、娘が生まれたと聞いた」

二十年前なら師匠のところを出て、一本立ちをしたすぐのころだ。

「母はずいぶん早くから如月庵のお仕事をさせていただいていたんですね」

「そうだね。お京さんは女髪が得意だった。両方やる人もいるけれど、髪結いさんに言わせると男の髪と女の髪はまったく別物なんだそうだ。殿方は、とくにお武家の方は自分を髪形に合わせる。髪はその方の身分やお役目を表すものだからね。女髪は、その人に髪形を合わせる。一番きれいなところを引き出すんだ」

「女髪は流行りもありますね」

「ああ。お京さんは流行りの髪もよく勉強していたよ。あの人は髪を洗うのも上手なんだ。根元をきつく縛って鬢付け油で固めた髪をほどくと、ほっとするんだ。お京さんは手際がよくて、しかもやさしい。痛いことなんかひとつもない。気持ちがよくて、いつもうつらうつらしてしまう。そうすると、悩んだり、迷ったり、そのほか胸に詰まったいろいろな思いが消えていくんだ。髪が結いあがって鏡をのぞくと、二割は女っぷりがあがっている。よし、また、頑張ろうって思えて来る。そんな風にして、私は何度もお京さんに助けられた」

それからお松はしばらく黙った。二人の足音だけが響いた。

「最初に会ったとき、あんたは、自分の母親は流行り病で亡くなったと言っただろ。だから、あたしはお京さんが如月庵に来ていたことを言わなかった。知らなくていいこともあるからね」

「……心中のことですか」

「そうだよ。あたしは、お京さんが心中なんかするはずはないと思っている。お京さんは奥方にとてもかわいがられていた。お京さん以外には髪を触らせなかった。それほど信頼していた相手だったからね、心の裡をこっそり打ち明けたのかもしれない。髪結いとお客というのは、ときとしてそういう近さになるんだ」

お松は空を眺めた。

「だけど、注意しないとね。うっかりすると、足をすくわれる。お客のひみつに近づきすぎてはいけないんだ。とくにお武家さんはね」

だから、死ぬことになったのか。

梅乃はぼんやりと思った。

おっかさんはなんだって、そんな危ないところに近づいてしまったんだろう。

夕刻、益次郎と平五郎が戻って来た。

「いよいよ、明日は江戸を発つのか。淋しいなぁ。国さ、けぇったら、またしばらく、こっちには来られねぇもんなぁ」

平五郎はかれいの煮つけをうまそうに食べている。

「姉さんさ、うちの方の煮つけはしょっぱいんだ。もう、一切れでご飯が何杯も食えるくらい。漬物がまぁた、しょっぱい」

「そうだな。やっぱり、江戸は飯がうまいな」

「そうじゃねぇべさ。如月庵の飯がうまいんだっぺよ」

そんなことを言って、梅乃を喜ばせる。

「ところでさ、お前が言っていた小石原様の噂、俺も聞いたぞ。小石原様はあの屋敷を明け渡す気はないらしい。それで、武士《もののふ》に十日間、過ごさせているんだって」

「だからぁ、豪傑に恐れをなして妖は出なくなりました。もう安心ってことにするんだべ」

「まったく、だから、お前は単純だって言われるんだ。その豪傑になにかあったら、どうするんだよ」

「はん？」

「そういう噂が流れているんだってば。腕の立つお武家なら、御家中にいるだろう。どうして素性もよく分からない男に頼むんだ。報奨金も出して仕官の道もつけるっていうんだぞ。話がうますぎるじゃねぇか」

「え、じゃあ、どうするんだよ」

「……ばっさり、やっちまうんだ。斬り殺しちまうんだよ」

梅乃は驚いて、手にしたしゃもじを落としそうになった。

「いやいや、それは、ねぇよ。そんな乱暴なことをするもんか。そんだらことは、芝居の中の話だ」

「だって、お前、あの心中事件だって、本当は違うって言われているんだぜ。だから、死んだ髪結いが出て来た。祟られているんだよ」

「ふーん、じゃ、その豪傑は、髪洗え女と小石原様の刺客と、両方に狙われているってわけか」

「そうだよ。明日が十日の期日なんだってさ。明日になれば、分かるんだ」

「はあーん。おっかねぇこった」

物騒な話をしながら二人は箸を進めている。

梅乃は膳を片付けると、すぐに紅葉のところに行った。

「大変だよ。報せないと。二人が危ないよ」

「もう、夜だよ。外は真っ暗だ。木戸も閉まっているよ」

紅葉は渋る。

「姉ちゃんがお産だって言えば通してくれるよ。私一人じゃいけないからさ、紅葉、いっしょに来てよ」

「あんた、根津までの道がどういうところだか、分かっているよね。不忍池の脇を抜けるんだよ。明かりなんかひとつもない。闇だ。小石原様のお屋敷に着く前に物の怪にさらわれちまうよ」

「でも、朝になったら掃除があって、朝餉の支度があって、行けるのは昼過ぎよ。それじゃあ、間に合わない」

紅葉はしばらく考えていたが、顔をあげた。

「よし、分かった。じゃあ、一番鶏が鳴いたら出かけよう。歩いているうちに明るくなる。木戸番に頼み込んで通してもらって。それで、権左衛門さんとりんさんの顔だけ見て、戻って来よう。それなら掃除にも間に合う」

「うん、それでいい。ありがとう」

梅乃は紅葉の手をとった。


その晩、梅乃は心配でほとんど眠れなかった。うとうとしても、すぐ目が覚めてしまう。だから、一番鶏の声も聞き漏らさなかった。

隣の紅葉を起こし、そっと部屋を出た。

暗い坂道を下って上野広小路に出て、不忍池に添って歩いた。群青色の空が少しずつ明るくなって、池の向こうに上野の森の輪郭が見えた。根津神社の手前の坂道を上って進む。

二人は無事だろうか。元気でいるだろうか。

悪いことばかりが頭に浮かぶ。

小石原屋敷が近づいて来ると、足はどんどん速くなり、駆け足になった。

屋敷の裏口の前まで来ると、梅乃は戸をたたいた。

「権左衛門さん。りんさん。如月庵の梅乃と紅葉です。おはようございます。お話があって来ました」

大きな声で叫んだ。

中の方でごそごそと音がして戸が開き、権左衛門が顔をのぞかせた。

「こんな朝っぱらからどうしたんだ」

「ああ、よかった。御無事でしたか」

梅乃は思わず叫んだ。

「ありがとうな。心配してくれていたのか。だけど、俺たちは大丈夫だよ。妖なんか、怖くねぇんだ」

「そうじゃないんです。怖いのは妖じゃなくて、人なんです」

「ああ、そうだよ。俺は最初からそう言っているじゃないか」

権左衛門は白い歯を見せて笑った。

紅葉が梅乃の袖を引くので、梅乃はやっと少し落ち着いた。よく見ると権左衛門は旅姿で、りんは荷車に荷物をのせている。

「あんたたち、今からここを出るのか？」

紅葉がたずねた。

「ああ、そのつもりだ。夜が明けないうちにな」

「なんでだ？　報奨金をもらって仕官するんじゃなかったのか」

「そのつもりだったんだけどな。そういうわけにも、いかなくなった。まぁ、そんなうまい話はなかったってことさ」

「髪洗え女を見ましたか？　それとも刺客が来ましたか？」

梅乃はたずねた。

「刺客？　……ああ、まぁ、そういうようなもんか。……ともかくさ、俺たちには九日もじっくりと考える時間があった。なんで俺は浪人になったのか。もう一度、お城勤めをしたいのか。そもそも、なんで小石原様は俺みたいな浪人を雇ったのか。この屋敷で一体、なにがあったのか」

「そうだよ。そうそう。そのことなんだ」

紅葉が身を乗り出した。権左衛門はにやりと笑った。

「まぁ、俺にあれこれ言わせるな。いいか。俺は妖を見たんだ。それで、怖くて逃げ出した。そういうことだ」

「これから、どうするんですか」

「さあな。まぁ、なんとかなるよ。あんたたちも、早く帰ったほうがいい。ありがとうな。うれしいよ。世話になった」

「干物、おいしかったよ」

そう言って、りんが最後の荷物をのせた。

荷車をゆっくりと押して権左衛門とりんは屋敷を出て行った。

梅乃と紅葉はその後ろ姿を見送った。

大急ぎで帰ったから、朝の掃除に間に合った。

朝餉をすませて、益次郎と平五郎が宿を発った。

「お世話になりましたねぇ。うまい飯と風呂でゆっくりできた。商いもうまくいった。言うことなしだ」

「ああ、秋にはまた来るからさ、そのときはよろしく頼むね」

「こちらこそ、お待ちしています。どうぞ、御無事で」

梅乃は何度も頭を下げた。

権左衛門とりんが去り、益次郎と平五郎も国に戻って行った。梅乃には謎だけが残された。権左衛門は言葉を濁したけれど、一体、なにを見たのだろう。

土用の虫干しで思いがけず姿を現したのは、九重藩だけではない。小石原屋敷のひみつもあらわにしたようだった。

第四夜

お殿様のかすていら

1

不忍池の蓮が見ごろを迎えた。

梅乃と紅葉が朝の掃除をしていると、いつものように晴吾と源太郎が坂道を上って来た。

「今度、家で嘉祥《かじょう》の宴を開くんです。父がかすていらを焼いて、お客様をおもてなしします。たくさんの方がいらっしゃって、私のお客様も招いてよいと言われました。源太郎さんも来ます。梅乃さん、紅葉さんもいらっしゃいませんか？」

晴吾が言った。

「お屋敷に、ですか？」

紅葉の声がひっくり返った。

「嘉祥の宴ですか？」

梅乃も目を瞬かせた。

「そうなんです。嘉祥の日なら六月十六日なのですが、今年は少し時期をずらしました」

嘉祥の日に菓子を食べると健康長寿に恵まれるといういわれがある。

諸説あるが、千年ほども前、仁明天皇《じんめい》が神託を得て嘉祥と改元し、「十六」にちなむ菓子や餅を神前に供えたことがはじまりと聞く。如月庵でも、杉次が菓子をつくり、お客たちにふるまっている。

「本当にお屋敷にうかがってもいいんですか」

紅葉が重ねてたずねる。

「そうですよ。たくさんのお客様がいらっしゃるみたいで、私はそのお相手をしなくてはならないので、ゆっくりお相手はできないと思いますけど、父のかすていらだけでなく、お料理やお菓子を用意しています。ちょうど、あじさいがきれいに咲いているので、お庭を散策するのも楽しいですよ」

すがすがしい朝のような笑みを浮かべた。

晴吾の父は菓子づくりが趣味だ。菓子職人を招き、かすていらや柏餅をつくる。もちろん、下ごしらえは職人がすませ、最後の一番いいところだけをする。できあがりを家族や家臣にふるまい、「さすがでございます」などと褒められるのが楽しみだ。

今回は、親しい友人知人を招いて宴を開くという。

「私たちがうかがって、いいんですか？」

梅乃も、目を丸くする。

旗本家の跡取りの晴吾と親しく話をすることだって、なかなかないことなのに、お客として呼んでもらえるなど、ふつうでは考えられないことだ。

「以前、私が御用船の建造にかかわって、落ち込んでしまったとき、元気をつけてくださったでしょう。あのときのことを母がとても感謝しているんです。よい機会だから、お声をかけたらと言ってくれました」

「もちろん、うかがいます」と言いかけた紅葉の袖をつかんで、梅乃は「おかみさんに聞いてみます」と答えた。

「ああ、そうですね。母からもおかみさんにお願いをしておきましょう」

晴吾はそう言って、源太郎とともに去って行く。その後ろ姿を紅葉はうっとりと眺めていた。きっと、天にも昇る気持ちでいるに違いない。

と、思ったら、紅葉ははっとしたように振り返った。

「ねぇ、なにを着ていったらいいのさ。髪はどうするんだよ」

「そうねぇ。そんな場所に行く着物を持っていないものねぇ」

梅乃も困った顔になった。

晴吾の母からお松の方に話がいって、無事お許しが出た。振袖とはいかないが、当日は髪結いをつけ、娘らしい着物も用意してくれることになった。

溜まりで休んでいると、お蕗がやって来た。

「小石原様のお屋敷の幽霊騒ぎは大変だね。十日過ごしたら賞金を出すといわれて命知らずがやって来るんだけど、まだ最後まで居続けた人はいないんだってさ。逃げちまうんだ」

「そうらしいねぇ。あたしたちが会った人も、十日目の朝に、そそくさと逃げて行ったよ」

炒り豆を食べながら紅葉が言った。

荷車を引いて出て行った二人の姿を思い出しながら、梅乃もうなずいた。

――だけど、あんまり怖そうにしていなかったな。

小さな疑問が浮かんだが、お蕗の言葉で忘れてしまった。

「それでね、いよいよ、真打が登場することになったんだってさ」

「真打って？」

梅乃がたずねる。

「最強ってことさ」

紅葉が言う。

最強の男というのは、小石原藩の武芸者で、名を水沢辰之進《みずさわたつのしん》という。

「強そうな名前ねぇ」

梅乃は感心する。

「これで髪洗え女も退治されるよ」

「ああ、イチコロだよ。コテンパンのパンってやつだ。……それで、その水沢辰之進はいつ小石原屋敷に来るんだ？」

「今晩だよ。いよいよ、幽霊との大立ち回りじゃないかって、みんな楽しみにしている。見物人が集まって来ているそうだ」

「へぇ」

紅葉の目がきらりと光った。

お蕗が出て行くと、紅葉は梅乃の袖を引いた。

「見に行こうぜ」

「なにを？」

「決まっているじゃないか。髪洗え女だよ。いよいよ、本物の妖が見られるんだ」

「怖くないの？」

紅葉は幽霊や化け物の話が大好きだが、同時に人一倍の怖がりでもある。

「怖いもんか。水沢辰之進だよ。そいつが退治するんだ」

水沢辰之進という名前を聞いただけで、紅葉はもう、勝手に幽霊を退治できると決めている。勢いづいた紅葉は立ち上がると、部屋の隅にあった物差しを腰に挿して身構えた。

「こしゃくな、化け物め。この水沢辰之進が成敗いたす。かかってこい。……ほら、梅乃。あんたが髪洗え女だよ。かかってくるんだ」

仕方なく梅乃が髪洗え女の役をする。

「……恨めしやぁ。髪を洗え」

両手をぶらぶらさせて紅葉に向かっていく。

「とおっ、やぁっ」

物差しで斬りかかられた。

「妖に刃物が通じると思うのか。恨めしやぁ」

「ふん。これは、妖刀だ。ほかの奴らのなまくら刀とは違うんだ。おのれ、こうしてやる」

「うぐ。しまった。これまでかぁ」

狭い溜まりでどしんばたんと暴れたので、物音を聞きつけて桔梗がやって来た。襖を開けると目を三角にして怒鳴った。

「あんたたち、この忙しいのに、なにをやっている。早く仕事に就きなさい」

梅乃と紅葉はあわてて持ち場に走って行った。


紅葉は小石原屋敷に行くと決めていた。

夜、仕事が終わると、紅葉は梅乃を誘いに来た。

「小石原屋敷に行こうよ。その水沢辰之進って人を見たくないか？　どんだけ強いか、この目で確かめたいんだ」

「本当は幽霊を見たいんでしょ」

「そりゃあ、幽霊も見たいけどさ。梅乃だって見たいだろ。見れば……お母さんのことが分かるかもしれないじゃないか」

紅葉は少し言いにくそうに母のことに触れる。梅乃は小さくうなずく。

小石原屋敷に出入りしていた母親は心中したと言われている。そんなはずはない、なにかの間違いだ。だれかの企みだとも思うが、それを証明する手掛かりはない。

髪洗え女の正体が分かれば、その謎も解けるのではないか……。

いや、解けるに違いない。

夜になって、こっそり如月庵を抜け出した。

坂道を下って上野広小路に出て、それから先は不忍池を右に見ながら歩いて行く。根津神社の手前の坂道を上った先が小石原藩上屋敷である。

坂道の途中にはすでに見物人がたくさん集まっていた。

祟りがあると噂が流れ、すっかり閑散としていたときがあったが、今日は男も女も、年寄りも若者も集まっている。

「水沢辰之進はもう、やって来たのか？」

紅葉が近くにいた若者にたずねた。

「まだだ。だけど、もう、そろそろじゃねぇのか。そうか。あんたも水沢辰之進を見に来たのか。腕の立つ、すごいお侍だそうだよ」

「なんでも、熊みたいに体が大きく、ひげ面の男だそうだ」

「色白の優男だって話だよ。佐々木小次郎《ささきこじろう》みたいなんだってさ。しゅっと燕返しでやっつけるんじゃあないのかい」

みんな勝手なことを言っている。

しばらくすると、後ろの方がざわざわと騒がしくなった。人混みが二つに割れて、その真ん中を四人の男たちがやって来た。

先頭にいるのが水沢辰之進だろう。

年は三十半ばか。上背があり、肩幅が広く、首も腕も太い。眉が濃くて鼻筋が通り、りりしい顔立ちである。腰には二本の刀。鮮やかな紅色の鞘でしかも長い。

この世ならざるものを斬るには、刀も特別なものでなければならぬ。

辰之進の黒い瞳が語っている。

なにやら大きな荷物を背負った屈強な男が二人、さらに、梅乃たちと同じくらいの年ごろの若者が一人、後に続く。

「ほう」

男たちからため息が漏れた。

これから、なにかすごいことが起こる。そういう期待である。

「あら」

女たちからも声が漏れた。

辰之進が思いのほか、いい男だったからである。

「あのおまけみたいな若い奴はなんだよ」

紅葉が言った。小さい声だったが、若者の耳に入ったらしい。一瞬、紅葉の顔をぎろりとにらんだ。何事もなかったように通り過ぎて行く。

閉じられた門の前で、人々は息をつめて何事か始まるのを待っていた。

だが、静かである。

物音ひとつ聞こえない。

だんだんとみんなは焦れて来た。

「今日はなんにも起こらないんじゃないのか。髪洗え女は休みなんだ」

「出て来るのはもっと遅くなってからだよ」

「丑三つ時かい？　そんなに待っちゃいらんねぇよ」

せっかちな江戸っ子は文句を言い出した。

「梅乃、屋敷の中に入って様子を見て来ようよ」

紅葉が袖を引いた。

「だめよ。そんな。危ないわよ」

「せっかく来たのに、このまま帰るのはいやだ。だいたい、あたしたちは仕事があるんだ。毎晩、ここに来るわけにはいかないんだよ。幽霊の気まぐれにつきあっているわけにはいかないんだ。ちょこっと、中の様子を見て来るだけだ」

訳の分からない理屈を言う。

二人で屋敷の裏手に回り、以前と同じように生垣の隙間からもぐりこんだ。

そこは二千坪か、三千坪か、広い屋敷の裏手にあたる雑木林である。真っ暗で下草が生い茂っている。怖がりの癖に無鉄砲な紅葉は「こっちの方角だな」と当たりをつけて進んで行く。

しばらく行くと、藩士たちが住む長屋が見えてきた。住む人はいないのだろう。月明かりに照らされた家々はしんとして、戸が閉まっている。さらに、進むと蔵を経て、本邸に至った。勝手口から入ってまっすぐ進めば、当主の御座所である。

梅乃は耳をすませた。

遠くでなにやら音がして、話し声も聞こえる。

二人は顔を見合わせた。

うっかり中に入って、妖と間違えられて斬りつけられたらたまらない。

――帰ろうよ。

――そうだね。仕方ない。

以心伝心。そんな風に合点して戻ろうとしたときだ。

どっか――――ん。ががら、がっしゃーん。

突然、大きな音とともに屋敷が揺れた。

「なんだ、こやつ。何者だ」

大声が響いた。

がらがらと鉦や太鼓が打ち鳴らされるような音が響いてくる。

どっかーん、どっかーん。

ががら、がっしゃーん。ぐわんぐわん。ばんばん。

耳をふさぐような大きな音である。

辰之進はそれに負けない大声で叫ぶ。

「こしゃくな。この妖刀で成敗いたす」

その音は屋敷の外にも響いているに違いない。門の外で人々が騒いでいるのが波のように伝わってくる。

――なんか、おかしくない？

梅乃は紅葉の顔を見た。

髪洗え女はこんな風に大暴れをする妖ではなかった。髪を洗ってほしいと頼むだけで、洗ってもらえばおとなしく去る。

どちらかといえば、辛気臭い妖だ。

二人は勝手口の戸に手をかけた。鍵はかかっていない。そっと開けて中に入った。

そのまま音のする方に向かって廊下を進む。

相変わらず物音も叫び声も続いている。

当主の御座所に来た。襖の隙間から光が漏れている。紅葉がそこから中をのぞいた。

「あれっ」とつぶやく。

梅乃も続く。

雨戸がはずされた部屋の中央に辰之進が仁王立ちして、叫んでいる。ただし、刀は腰に差したままだ。

「なにを、こやつ。こうしてくれる」

隣で二人の男たちが木槌や棒で、金盥《かなだらい》や古い太鼓やなにやら音の出そうなものをたたいたり、壊したりしているのだ。

妖はいない。影も形もない。

辰之進もほかの三人の男たちも、ただひたすら、まじめに大声を出し、大きな音を立てている。

——なにをしているんだ？

もう一歩近づこうとして、襖に頭がぶつかった。その拍子にがたりと音がした。端にいた若者がこちらを見た。

梅乃と目があった。

ぎろり。

見つかった。二人はあわてて逃げ出した。


「紅葉、どういうことだと思う？」

梅乃がたずねたのは、歩き続けて池之端《いけのはた》に着いたころだった。

「だからさぁ、あの人たちは、髪洗え女が見えないんだよ。だから、それで仕方なく、退治したふりをしている……じゃないのか？」

「それも変よ。あの様子は……、なんていうのかなぁ、ただ、大きな音を出しているだけじゃないの」

「うん。あれは本気じゃないな。刀を抜いてなかったもん」

梅乃と紅葉は暗い夜道を歩いた。

淋しい道だが、少しも怖くない。別のことで頭がいっぱいなのだ。

「ねぇ、髪洗え女って本当にいたのかしら？」

「いたよ。いた。だって権左衛門さんは見たって言っていたじゃないか」

紅葉は断言する。

「……違うわよ。そうは言っていない。『髪洗え女を見ましたか？　それとも刺客が来ましたか？』ってたずねたら、『ああ、まぁ、そういうようなもんか』って答えたのよ」

「じゃあ、見なかったのか？　髪洗え女は出て来なかったのか」

「だから……」

考えてみると、権左衛門たちの去り方はなんとなく変だった。妖を退治して仕官するのだと張り切っていたのに、十日目の早朝、出て行った。

――まぁ、俺にあれこれ言わせるな。いいか。俺は妖を見たんだ。それで、怖くて逃げ出した。そういうことだ。

権左衛門はそう言った。

「じゃあ、見なかったのか？」

「だいたいね。今ごろになって水沢辰之進が来るのだって、おかしくない。もっと早く来ればいいじゃないの」

「もっともだ。だけど、もともと髪洗え女がいないんなら、どうして、噂が立つんだよ。ご当主は病気で、前の奥方も亡くなって、お女中が何人も辞めたんだよ。今じゃ、あの立派なお屋敷にはだれも住んでいないんだ。おかしいじゃないか。たしかに、なにかがあるんだよ」

話をしているうちに、どんどん目が冴えてくる。

こっそり部屋に戻って布団に入ったが、なかなか寝付けなかった。

翌日、昼過ぎ、みんなの手が空いた時間、お蕗が瓦版を持って板場にやって来た。

「小石原様の髪洗え女が成敗されたんだって。上野広小路あたりは、その話で持ち切りだよ」

「ほう。どんな具合だ？」

杉次がたずねる。梅乃も紅葉も瓦版をのぞきこんだ。

役者絵から抜け出たような美しい若者が右手に刀、左手に濡れた妖の長い髪をつかんでいる。髪洗え女は床にぺたりと座り込み、命乞いをするように両手を合わせ、おがんでいる。

「なになに？『水沢辰之進なる腕に覚えの剣豪、髪洗え女を成敗いたすと屋敷に踏み込む。不思議や屋敷のうちより稲妻の如き霊気発し、ざんばら髪の髪洗え女現れ出でたり』」

髪を洗ってくれと頼むだけのおとなしい妖だったはずなのに、なぜか稲妻のような閃光を発して挑み、辰之進と大立ち回りを演じることとなる。

死闘の末、辰之進は髪洗え女を捕らえ、髪洗え女は許しを乞い、改心し、消えて行ったという。

「ほう、辰之進はすごいな。豪傑だ」

杉次が笑う。

「しかも、いい男なんだってさ」

お蕗がうっとりした顔になった。

梅乃と紅葉はそっと顔を見合わせる。

二人が見た光景を瓦版に書くとこうなるのか。こうして、髪洗え女の怪異は終わった。今後、あの屋敷で奇妙なことは起こらないだろう。

めでたし、めでたしだ。

しかし、実際に屋敷の中の様子を見てしまった二人には、分からないことばかりである。

そもそも、髪洗え女は本当にいたのか。いたというなら、だれが見たのか。なぜ、あんな手のこんだことをして噂を打ち消さなければならないのか。

割り切れない梅乃と紅葉は、玄関番の縦助に相談をした。縦助は一度見たこと、見たものは忘れない。豊富な知識をもとに、ひも解いてくれるだろう。

紅葉と二人でこっそりお屋敷にもぐりこんだことを話すと、縦助は呆れた顔になった。

「見つかったら、斬り殺されても仕方なかったんだぞ。分かっているのか」

けれど、すぐに真剣な顔でいっしょに考えてくれた。

「つまり、お前たちが考えているのはだな。小石原様には大きなひみつがあり、それが、髪洗え女の噂を生んだ。だから、世間の目を早くそらしたかった。……こういうことだな」

「そうです」

さすが縦助だ。梅乃と紅葉が言葉にならず、もやもやとしていたことを、すらりと説明してくれる。

「たしかに、なぜ今ごろ、昔の因縁話が持ち出されるのか、わしも不思議だったんだよ。小石原様の屋敷に髪洗え女が出ると聞けば、昔のことを知っている人なら、どうしたって近習の侍と髪結いとの心中事件を思い出す。この世で結ばれない二人がともに死ぬのが心中なのだから、もう思いは遂げられたはずなのに、どうして今ごろ、妖となって出て来るのか」

「うん、うん」

紅葉がうなずく。

「妖の噂が流れて困るのはだれだ?」

「それは、小石原様ですよ。あのお屋敷はだれも住んでいないから、本当はなんとかしたいんですって」

梅乃が言う。

「じゃあ、妖の噂が流れて得をする人はだれだ?」

「小石原様に恨みを持っている人だよ」

「たとえば?」

「……それは、ちょっと分からない」

「そのあたりは、もう少し調べてみないとな」

縦助が言った。

2

如月庵の前のおかみである伊勢のいとこ、源三郎は九重藩の争乱の後、切腹して果てた。源三郎にはお縫《ぬい》という五歳違いの妹がいた。ちょうどお松と同じくらいの年ごろである。そのお縫が、突然、お松をたずねてやって来た。

梅乃が茶を運んで行くと、二人は額を寄せて話をしている最中だった。

「じつは、先日、仏壇の裏から古い書付が出て来たんです。母にたずねましたら、源三郎が死ぬ前に書き残したものだそうです。父は焼き捨てろと言ったそうですが、母はそうするにはしのびなく、こっそり隠したんです。読んでびっくりいたしました。伊勢様にお見せすべきものですが、その前にお松様にご相談したほうがよいのではないかと思い、うかがいました」

手にした包みを開いて巻紙を取り出した。

お松が軽く一礼して巻紙を開くと、細筆でぎっしりと文字が書いてある。お松ははらりと広げ、読み始めた。すぐに眉根がくもった。ううむとうなり、ため息をつき、最後まで読むと、放心したように天井を見上げた。

「やはり、伊勢様にはお見せできませんよね」

お縫がおずおずとたずねた。

「これは源三郎さんが書いたもので、間違いないのですね」

「はい。たしかに兄の筆跡です。間違いございません」

お松は大きくため息をついた。

「まさか、兄がこんなことを書き残していたとは、思ってもみませんでした。父の驚きも分かります。焼き捨ててしまえと言った気持ちも。これでは、兄があまりにかわいそうです」

お松はふと、梅乃に目をやった。

「お前もいっしょに伊勢様のところにうかがったね。読んでごらん」

梅乃はおそるおそる巻紙を開いた。

「これは、私の悔恨の言葉である。

私は同志とともに正しいと信じた道を突き進んできた。そこには一点の私情もない。ただ、藩のため、ご政道のため、今、自分にできることをやるのみだと、信じていた。

けれど、今、こうして寺の一間に座り、障子に映る青葉の影を眺めていると、私は分からなくなってしまった。

我々は本当に正しかったのか。私は、ただ、流されてしまったのではないか。

秋信様をお世継ぎに。

そのことだけを考えていた。

しかし、春安様を推す者たちも、また藩を思い、未来を憂い、正しい道だと信じていた。

大の虫を生かすためなら、小の虫は死を厭わない。

だが、立場が異なれば、見えるものも変わってくる。

二派が争えば、どんなことになるのか各々分かっていたはずなのに。途中で、和解のきっかけはいくつかあったはずなのに。どうして、突き進んでしまったのか。途中で引き返すことができなかったのか」

そんな書きだしで始まっていた。

「つまりは、安藤彦次郎様派と門田要蔵様派の争いではなかったのか。意地と意地がぶつかりあい、面目とか、忠義とか、ご政道といった勇ましい言葉を言い合っていた。

ついに、あるとき、事が起こった。

酒の上の口論の末、我らの同志が門田様派の男に斬られた。傷口から血を流し、息絶えていった仲間を見たとき、我々の血は沸騰した。仇を打つと、某が言った。ここで立ち上がらねば、武士の名がすたると、別の者が叫んだ。刀をつかみ、門田様の屋敷に向かうと、敵も迎え撃つ準備をしていた。藩内の争いが公になれば、どういう結末を迎えるのか分かっていたが、たとえ、そうであっても、許すまじと思った。それは正義でもなんでもない。ただの暴徒であった」

梅乃は読み終えて顔をあげた。

血判状を見たときに抱いた思いが、くるりとひっくり返されたような気がした。

お縫はお松に語りかけた。

「父はこれを読んで、激しく怒ったそうです。これでは、自分たちは正しかった、正しいことをして死んでいくのだと信じた同志たちが、あまりに気の毒ではないか。肉親を失った者も多い。流浪の身となった者もいる。そういう者たちにとって、自分たちは正しいことをした、藩のために殉じたと思えなかったら、やりきれないではないか。あいつは、馬鹿だ。大馬鹿者だ。今、分かった。人の気持ちがまったく分からない男だった。そう言って泣いたそうです」

お縫は真剣な目をしていた。

「でも、これは兄の本心です。死を前にした懺悔です。私は兄がかわいそうでなりません。父も気の毒です。これを読んだら、伊勢様も悲しまれるでしょう。でも、やはり、お見せせねばとも思うのです」

お松は黙って、その書面を眺めた。ずいぶん経って、顔をあげた。

「じつは、つい先日、こちらの蔵から源三郎さんの血判状が出て来たんですよ。間をおかず、この書付が見つかったということは、なにか理由があるのかもしれない。今さらとも思うけれど、伊勢様にお見せしましょう」

お松は立ち上がった。この前と同じように杉次に弁当を用意させ、お縫と伊勢のいる谷中の庵を目指す。梅乃も供をすることとなった。

寺の山門を入り、本堂の脇の小道を進む。やがて、竹藪のかげに古い、小さな庵が見えてきた。

「伊勢様。今日は源三郎様の妹、お縫様をお連れいたしました」

声をかけると、奥から白髪の伊勢が現れた。

「ああ。お縫か。久しぶりだねえ。いつ以来だろうか」

そんな風にゆるゆると季節の話やお互いの知り合いの消息などを語り合い、食事になった。

この日は錦糸卵をのせた混ぜご飯だった。鯛のそぼろや細く切ったしいたけの煮しめが入っている。いんげんのごま和えとこんにゃくの阿蘭陀煮、それにぬか漬け。吸い物はえびとはんぺんが入っていた。

「ああ、こんな風にゆっくりとお昼をいただくのは何日ぶりだろう。ふだんは、豆腐と佃煮ですませてしまうことも多いんだよ」

伊勢は目を細める。

「毎日、ちゃんと召し上がっていらっしゃいますか」

「いや、このごろは朝と夕の二回だね。それでも億劫になってしまった。このごろは、炊いたご飯を薄く伸ばして干してせんべいにする」

前回と変わらぬ話が繰り返される。

お松ははじめて聞いたように驚く。

伊勢の背は曲がって、指は小枝のように細く、節が浮いている。ときどき、放心したように空を見つめる。

ゆっくりとお茶を飲み、また、世間話に興じる。

そして、いよいよという風に、お松は書付を取り出した。

「今日、おうかがいしましたのは、ほかでもございません。お縫様のところから、源三郎様の書付が見つかったそうなのですよ。こちらにお持ちいたしました」

伊勢は「ほう」という顔になり、やせた手で書付を手にした。

「読ませていただきますよ」

そうお縫に断ると、巻紙を広げた。伊勢は長い時間をかけて読んだ。途中、何度も立ち止まり、小さなため息をついた。

「そうだねぇ」とか、「源三郎らしいよ」とかつぶやいた。

読み終わったとき、伊勢の小さな背はさらに丸くなり、一回り体が小さくなったような気がした。

「あの子はこんなことを書いていたのか」

伊勢はため息をついた。

「かわいそうにねぇ。お父上の気持ちも分かるよ。だって、それじゃあ、本当に救いがないじゃないか。忠義と言ったけれど、本当は自分たちの意地だの、面目だの、そういうものの方が大事だった。負けられないって気持ちだけで突っ走ったって言ってるんだろ。源三郎は賢い人だから、気づいてしまったんだね」

つぶやいた。

「だけど、そんな風に自分を追い詰めることはないじゃないか。あのときは、だれもかれもが、門田めでさえも、それが藩のため、主君のためと思っていたんだよ。そりゃあ、自分のためもあっただろうし、相手方への怒りもあった。けれどね、やっぱり根本にあったのは忠義だったんですよ。主君のためって気持ちは疑いようがないんだ。人の心っていうのは、そんな風に、あっちだこっちだって割り切れるもんじゃないんだ」

そう言うと、声をあげて泣いた。

梅乃は部屋の隅でその様子を眺めていた。

秋信は病気がちで、人前に出るのが苦手だった。しっかりした補佐役がいれば大丈夫だというのが、家老安藤彦次郎たちの意見で、いや、春安の方が適任だというのは家老門田要蔵たちの考えだった。

二つの意見がぶつかったとき、殿様はなにをしていたのだろう。

対立が深まる前に、はっきりとどちらかに決めてしまえば、何事もなかったのではあるまいか。

そんな気もするけれど、それは今だから言えることなのか。

梅乃は武家の生まれではないから、忠義というのがよく分からない。以前、忠義のために自分の子供を殺すという芝居を見たことがある。かわいそうになって泣いたけれど、あれはお芝居で、作り話で、実際にはあるはずがないと思っていた。けれど、もしかしたら、どこかに忠義のため、つまり主君のため、お家を守るためなら人を殺しても、自分が死んでもいいのだと考える人もいるのだろうか。

小の虫を殺して大の虫を生かす。

梅乃の心に大きな黒いかぶと虫が浮かんだ。その周りには、小さな蟻がいる。大の虫のためなら、小の虫は死んでもいいのか。仕方がないのか。

それは違う。絶対に違う。

梅乃は伊勢とともに涙をぬぐうお松やお縫の姿を見ながら思った。

3

城山家に行く日がやって来た。

梅乃と紅葉は晴れ着を着て、髪を結い、城山家に向かった。手には杉次の手による手土産を携えている。

「いいかい。お客様を迎えるのも、お客様としてうかがうのも、基本は同じだ。部屋係としての立ち居振る舞いがあるだろう。それを思い出すんだよ」

出がけに、桔梗はこんこんと注意をし、それでも心配そうにしていた。

城山家の屋敷は旗本家にふさわしい豪華さだった。

屋敷は総檜《ひのき》造りで、広い庭には築山と池を配し、色とりどりの花が咲いている。

庭の一角に紅白の幕が張られ、中央に竈が設えられていた。菓子職人が忙しく働いている。

「紅葉さん、梅乃さん、お会いできてよかったです。ちょうどよい時刻ですよ。これから、かすていらを焼くそうです」

源太郎がやって来て、声をかけた。源太郎も今日はいつもの稽古着ではなく、元服前の若衆らしい家紋付きの着物に縞の袴姿だ。品のいい顔立ちの源太郎によく似合っている。

「おお、源ちゃん、立派だなぁ。賢そうに見える」

紅葉が感嘆する。

「賢そうに見えるんじゃなくて、源太郎さんは本物の秀才なのよ。それに、ここでは源ちゃんなんて言ったらだめよ」

思わず梅乃が釘をさす。

「分かっているよ。ちょっと、言ってみただけだ」

紅葉が口をとがらせた。

さすがの紅葉も少し気後れしているらしい。周囲は裃《かみしも》姿のお武家ばかりである。その間を、この家の女中たち、中間たちが忙しそうに歩き回っている。梅乃と紅葉のような町娘は一人もいない。

「紅葉さんも梅乃さんも、とてもおきれいですよ。どこのお姫様かと思いました」

源太郎はどこで覚えたのか、そんな褒め言葉を口にする。

幕の内に次々と人が集まって来た。梅乃たちは押されるように後ろに下がり、人と人の間から眺めるようになった。

「これより、当家の主がかすていらを焼き上げます。どうぞ、ゆっくりとご観覧くださいませ」

口上が述べられて、たすき掛けの晴吾の父、保敏《やすとし》が現れた。恰幅がよく、鬢のあたりに白い物が見えるが、晴吾に目元がよく似ている。

職人が恭しく陶器の壺を保敏に差し出した。晴吾の父は次々と卵を割り入れ、手早く箸でかき混ぜる。なかなか手際がよい。

見物人から、「おみごと」と声がかかる。

保敏はうれしそうに笑みを浮かべた。

今度は砂糖を加えた。

そこで、職人が壺を下げ、別の壺を差し出す。そこに粉を入れる。

壺を下げた職人は裏手に回ると、待っている別の職人に手渡す。職人は大急ぎで壺の中をかき混ぜ始めた。

すでに保敏はできあがった生地を木枠に流すところに来ている。腕に抱えた壺の中身を木枠に移す。卵と砂糖と粉の混ざった黄色みを帯びた生地が四角い木枠を満たす。

「さぁ、これからが本番ですよ」

満面の笑みを浮かべた保敏は竈の蓋を開けて、そこに木枠をおく。鉄板をおき、その上に赤く燃える炭をのせるのだ。

「このまま、半時ほど焼きます。こうして下火と上火、両方で焼くというのが南蛮の技であります」

そのとき、また職人が姿を現す。

保敏が、職人が捧げ持つ盆の上の白い布をはずすと、なんと、そこには黄金色に焼きあがったかすていらがのっている。包丁を入れると、甘い香りがあたりに漂った。

なんのことはない。保敏がするのは、ほんのさわり。肝心なところはかすていら職人がすべて行う。しかし、見物人は大喜びだ。

「おお、さすがでござる」「よきものを見せていただいた」

歓声が起こる。

保敏はじつに愉快そうである。

かすていら焼きを見届けたお客たちは三々五々、屋敷内に戻って行く。

「紅葉さん、梅乃さん、私たちも入りましょう。御膳が用意されているそうですよ」

「私たちも？」

「もちろんですよ。私は、朝餉を半分にして、お腹をぺこぺこにして来ました」

三人が案内されたのは、若者のための一間だった。十歳から十三、四歳ぐらいの少年たちがすでに何人か座っている。源太郎と同じく明解塾の塾生で、晴吾の教授を受けているという。

「おお、源太郎、遅かったじゃないか。そのお二人はどなたかな」

一番の年嵩と見える若者がたずねた。武家の子なのだろう。言葉だけを聞けば大人のようだ。

「晴吾様の古くからのご友人です」

「如月庵で部屋係の紅葉と申します」

「同じく部屋係の梅乃でございます」

「なんと、部屋係か」

赤い頬をした十歳ぐらいの少年が見下したような顔になる。

「お二人とおしゃべりをしていると、悩みが消えます。晴吾様も私もお二人には何度も助けられています」

源太郎が明るく答える。

――いい奴だなぁ。源ちゃんは。

紅葉が小声でつぶやいた。

――晴吾さんもよ。

梅乃も目で返す。

本来なら、こうした席に呼んでもらうこと自体、ありえない。型破りと言ってもよい。部屋係は給仕をする側で、同席する身分ではないのだ。

そのとき、襖が開いて晴吾が姿を現した。

「みなさん、今日はありがとうございます。たいしたものはご用意できませんが、かすていらもたくさんあります。ごゆるりと楽しんでいってくださいね」

さわやかな笑顔だった。晴吾の周りは、きらきらと明るい光で満ちているように見えた。

すぐに膳が運ばれて来た。

「あ、うなぎだ」

思わず梅乃は声をあげた。こんがりと焼けたうなぎの蒲焼きがのっている。しかも、うなぎが大きいので、下のご飯が隠れている。熱々の肝吸いと大ぶりのかすていらもついていた。

「うれしいなぁ」「いいぞ、いいぞ」

少年たちも声をあげた。

「大人の方はお酒を召し上がるから別のものなんですけれどね、坊ちゃんたちには、こちらのほうがいいだろうと、奥様が」

女中が教えてくれた。

先ほどの大人びた様子はたちまち消えて、みんな年ごろの少年の顔になる。

「いただきます」の声が合唱になり、梅乃と紅葉もうなぎに箸を進めた。

夢中になって食べ終えて、かすていらに進むころには、みんなの口も軽くなった。

「こんな風に俺たちを誘ってくれたってことは、晴吾先生が天文方に移られるのもすぐなんだろうか」

「そうかもしれないなぁ。それは決まりだな。ご出世、ご栄転だ」

浅草の天文方で暦を研究するのは、晴吾のかねてからの夢である。

「しかし、淋しいなぁ。晴吾先生は教え方が上手なんだよ。ほかの先生に何度説明してもらっても得心できなかったことが、晴吾先生に聞くと、たちまち腹に落ちる」

「そうだよ。晴吾先生のおかげでなんとか落第をまぬがれてきたのに……。ああ、これから先、俺は、どうすればいいんだよ」

一人が大げさに頭を抱えたので、みんなが笑った。

一人が、膝を打った。

「ところで、先ほどちらっとお見かけした美しい方が、例の許嫁の方か」

許嫁？　梅乃は耳をそばだてた。

「そうじゃないのか。……とすると、そちらの方も近いのだろうか」

「そうだろう。いい機会じゃないか」

年嵩の二人が話している。

「……晴吾さんには許嫁がいらっしゃるんですか？」

梅乃は隣の源太郎にそっとたずねた。

「はい。初音《はつね》様とおっしゃる方です。晴吾さんからは妹のような人だと紹介されました」

屈託のない様子で源太郎は答える。梅乃はそっと紅葉の顔を見た。

紅葉の唇がきゅっと一文字になった。

庭にいるとき、豪華な衣装を身にまとったすらりとした背の、若い娘を梅乃と紅葉は見かけていた。白綸子に藤や牡丹、桔梗などさまざまな花の縫いと染めをほどこした小袖もすばらしかったが、それ以上に娘の気品ある姿は二人を圧倒した。遥か雲の上に住む、手の届かない人なのだと感じた。

——やっぱり、そうだったのか。

紅葉の横顔が語っていた。

家柄も人柄も、学識も文句のつけようのない晴吾には、それにふさわしい人がいる。それは当然のことだ。そう思っていた。

けれど、実際に聞かされると、やはり心が痛んだ。

晴吾も、雲の上の人なのだ。

こんな風に親しくおつきあいをさせていただくこと、それ自体が奇跡のようなものだ。自分たちは、そのことに感謝しなくてはいけない。

「かすていら、おいしいですね」

紅葉は顔をあげると、かすていらを頰張った。


まだまだ宴は続いていたが、梅乃と紅葉は一足先に失礼することにした。

紅葉は口数が少なくなっていた。

もう少しで如月庵に着くというときになると、ぽつりと言った。

「晴吾さんに会えなくなっても、あたしは、ここの掃除をしなくちゃいけないんだろうか」

「当たり前じゃないの。外の掃除をするって言い出したのは紅葉なんだから」

「そうだけどさ。……外の掃除は晴吾さんにおはようを言うためなんだ。その晴吾さんが来なくなったら、掃除をする意味がなくなっちまうよ」

「もう、そんなことを言って。掃除をするのはお客様のためなのよ。勘違いしないでよ。それに、すぐに晴吾さんがいなくなるって決まったわけじゃないでしょ」

「でも、いつか、その日は来る」

「そうだね。いつかは来る」

「……その日がいつまでも、来なければいいのに」

紅葉はつぶやいた。

4

「梅乃、あたし、見たんだよ」

溜まりに入って来るなり、紅葉が言った。

「見たってなにを？」

「おりんって娘だよ。あの小石原屋敷で会ったじゃないか。あの娘が上野広小路を歩いていたんだ。あたしはそっと後を追いかけた。御徒町《おかちまち》の小間物屋で働いている」

「本当にあの娘なの？」

「間違いない。しばらくして店の前を通ったら、店番をしていた。二人で行って、あの娘に話を聞いてみようよ。あの屋敷でなにを見たのかさ。そしたら、もっといろんなことが分かるんだよ」

「そうだね」

夕方の忙しい時間までまだ少し間がある。

梅乃と紅葉は坂道を下りた。人でにぎわう上野広小路を抜けて御徒町に至る。おりんの働く小間物屋は細い通りにある小さな店だった。藤屋という屋号で、藍色ののれんには、丸の中に藤の一文字が白く抜いてあった。

店先には紅やおしろい、化粧はけ、櫛やかんざしがきれいに並べられている。奥の棚には値の張りそうなかんざしや櫛が並んでいる。

店の奥をちらりとのぞくと、背の高い、やせた女がいた。どうやら、この女がおかみらしい。

「なにか、お探しですか」

すかさず女が声をかけてきた。

「ああ、ちょっと櫛をね。田舎に送りたいんだ」

紅葉が答える。

「お使い物ですね。お使いになる方は、おいくつぐらいですか?」

「えっと、五十かな。世話になったおばさんです」

梅乃は口から出まかせを言う。店の中を見回すが、おりんの姿はない。

「あんまり高いものは困るんだ。できれば、安くて……」

「だったら、こちらなんかいかがですか。柘植《つげ》ですよ。使っているうちに艶が出てきます。髪にもいいんですよ。ほら、ちょっと挿してみてくださいよ。女っぷりがあがりますよ」

「あ、ああ、そうですねぇ」

女が言葉巧みに勧めるので、このままいると櫛を買わされそうだ。

困っていると、奥ののれんが揺れて娘が姿を現した。

おりんだ。

梅乃と同時におりんも気がついたらしい。

おりんの口が「あ」の形になる。すぐに、のれんの奥に引っ込んだ。

「すみません。櫛はもう一度考えて来ます」

櫛を女の手に押し付けると、店を出た。裏に回ると、おりんがこそこそと出て来るところだった。

「おりんちゃん」

紅葉が声をかけると、ぎょっとしたようにこちらを見た。

「どうして……、ここが分かったのよ」

「少し前、上野広小路を歩いていただろ。偶然、見かけたんだ。こっそり逃げ出そうとするところをみると、あんた、あたしたちに隠していることがあるね」

紅葉が詰め寄る。

「なによ、なんのことよ」

「あの後、また小石原様のお屋敷に行ったの。今度こそ、本当の豪傑がやって来て、髪洗え女を成敗するって噂があったから。私たちは、この前と同じように裏から忍び込んだ。……そしたら、髪洗え女なんていなかった。侍たちが金盥や太鼓を鳴らして騒いでいるだけなの。それなのに、次の朝には見事成敗しましたって瓦版が出た」

梅乃の言葉に、おりんはぎくりとした様子になった。

「髪洗え女なんて本当はいないいんだろ」

おりんは黙っている。

「じゃあ、あんたたちは、なんのために九日もあのお屋敷にいたんだよ。なにをしていたんだよ」

「なんにもしていないよ。毎晩、髪洗え女が出るのを待っていたんだ。あたしたちもさ、最初は本当にいると思っていたんだよ。十日の間に髪洗え女を退治したら仕官の道が開けるって言われたんだ。退治できなくても、とにかく十日間を過ごしたらいいんだって」

「でも、結局、妖は現れなかった。代わりに、小石原藩のお武家が出て来たんじゃないのか？」

紅葉の言葉におりんは鋭い目を向けた。

「そこまで分かっているんなら、もう、いいじゃないの。あたし、もう、店に戻らないと」

「待ってください。私のおっかさんが死んでいるんです。髪結いでした。小石原藩のお侍と心中したってことになっています。そんなはず、ないんです。今ごろになって、髪洗え女なんて噂が出て来た。絶対、なにか、関係があるんです。教えてください。なんでもいいんです」

おりんははっとしたように梅乃の顔を見た。

「それで、あんたたち、あのお屋敷に来たのか。……分かったよ。あたしたちが住んでいるのは、この裏にある長屋だ。市松長屋って言えば分かるから。夜、来たらいい。おとっつあんにも伝えておくから」

その晩、仕事を終えて、二人は市松長屋をたずねた。古い裏長屋である。奥から二軒目が荒木権左衛門とおりんの住まいだ。

ずいぶん遅い時刻だったが、二人は待っていてくれた。

「まぁ、入れや」

権左衛門が太い声で言った。権左衛門の大きな体のせいで、四畳半がさらに小さく見える。梅乃と紅葉は挨拶もそこそこに部屋にあがった。

権左衛門のこん棒のように太い腕はそのままだが、ひげはきれいにそっていた。改めて見ると、子犬か子猫のような、小さな丸い目をしていた。

「ひげをそったら、すっかり変わっちまったねぇ。これじゃあ、道で会っても分からないよ」

紅葉があっけらかんとした調子で言う。

「漬物屋で働くんで、ひげを落としたんだ。日がな一日、ごぼうだの、なすだのを切っている。さすが元お侍だ、切り口がきれいだなんて褒められる。元は余計なんだがな」

まんざらでもない様子で言った。

「……それで……、りんから話は聞いたよ。あんたのおっかさんは、そのなんだ、……心中の片割れってやつか」

権左衛門がたずねた。

「そうなんです。女髪の得意な髪結いで、お大名、お旗本にもお出入りをしていました。和菓子職人だったおとっつあんとも仲が良くて、私やおねぇちゃんのこともかわいがってくれて……。心中なんか、するはずはないんです」

「たしか、心中の片割れは小石原藩の男だったな。名前はたしか……倉本弥太郎《くらもとやたろう》。いい名だ。きっとすっきりとした男前だったんだろうな」

「おとっつあんも男前でした。やさしくて腕のいい職人でした」

梅乃はきっとなって言い返した。

「でしたってことは、死んじまったのか」

「五年ほど前の火事で。今は、おねぇちゃんと二人です。おねぇちゃんは今、医者の手伝いをしていて、私は如月庵って宿の部屋係をしてます」

「……苦労しているんだな」

「梅乃のことはいいんだよ。あたしたちは、お屋敷でなにを見たのか聞きたいんだ」

紅葉が焦れたように話に割り込んだ。

りんが白湯を運んで来た。

「そうだったな。最初から話そう。俺はいろいろあって藩を出て、三年ほど前からこの長屋に住んでいる。あるとき、同じ長屋の男が、面白い仕事があるって教えてくれたんだ。それが、例の小石原屋敷だ。夜ごと妖が出て困っている。妖の正体を確かめ、成敗すれば仕官の道も開ける。できなくとも十日過ごせば金をくれるって話だ。で、俺はその話に乗った。あんたたちに会ったのは、その日だったな」

「うん、そうだった。荷車を引いてた」

「そのときは、妖を成敗するって思っていたから、いろいろ道具も仕込んだんだよ。俺も一応は人並み以上に剣の修業をしたから、明日の晩こそはって待っていた。……だけど、妖は出なかった。明日の晩こそはって待っていた。けど、出て来ない。たしかに、まがまがしさはあるんだ。なんか、こう、訴えて来るようなやつさ」

うん、うんと、紅葉が身を乗り出す。

「ともかく、時間だけはたっぷりあるわけだ。俺は、屋敷の中をくまなく探った。すると、あの座敷の柱には大きな古い刀傷があるじゃねぇか。あの刀傷は、だれかが、めちゃくちゃに太刀を振り回してつけたもんだ」

「そういうことも分かるのか?」

「当たり前だ。刀は侍の魂なんだぞ。柱なんて堅いものに本気で打ち込んだら、刀がだめになるじゃねぇか。まともな奴のやることじゃない」

刀の話になったので、権左衛門の舌はいっそうなめらかになった。

「太刀筋ってもんがあるんだ。未熟なものが斬りつけても斬れねぇ。跳ね返される。あの刀傷をつけた奴は、未熟者か乱心だ。そいで、おそらく尻餅をついただろうな」

　むふふと笑う。

「で、畳をはがしてみた。土台の木枠に古い血の跡があった」

　梅乃はごくりとつばを飲んだ。

「それで、りんに、物売りとか、古くからやっているそば屋とか、あれこれ噂を聞いて回らせた。そういうのは、女の方がいいからさ。そしたら、髪結いと藩士が心中したって話を聞かせてくれた。髪結いが死んで髪洗え女か……。辻褄が合っているようで、ずれている。おかしくねぇか」

「なにがですか？」

「だって、髪結いの妖なら、髪を洗わせてくれ女だろ。なんで、髪結いが髪を洗わせるんだ」

「だって、いつも髪を洗ってもらっているから、今度は自分がさ……」

　紅葉が言いかけて、はっとした顔になった。

「な。もしかしたら、別の女が死んだのかもしれないと思った。で、床下を掘ってみた」

「なんか、出て来たんですか？」

梅乃がこわごわたずねる。

「いや。なんにも。だけど、俺たちのやっていることを、見張っていた奴がいたんだろうな。十日目の前の晩、小石原藩の男たちがやって来た。床下を掘ったって、こっぴどく怒られた。期限につき、明日の早朝、ここを去ってほしい。ここで見たことは他言無用って言われて金をもらった。聞いていたのより、ずいぶん少なかった。おまけに、いつの間にか、俺たちは妖に腰を抜かして逃げ帰ったことになっていた」

「ふうん」

紅葉が腕を組んで考えている。権左衛門がたずねた。

「あんたたち、また、小石原屋敷に忍び込んだんだって？　おりんから聞いたよ。成敗したって瓦版を読んだけど、あれは芝居だったのか」

「そうだよ。いかにも腕の立つってお侍が手下を引き連れて入って行った。部屋の中をのぞいたら、なんのことはない。四人が大真面目な顔をして叫んだり、音を出していた」

「なるほどな……。結局さ、すごいおっかない妖だったけど、私たちがみごと成敗しました、もう妖は出て来ません。みなさん、安心してくださいって話を作りたかったんだよな。やっと分かったよ。俺はそれに、うかうか乗っちまった」

「十日間、風呂付の家で遊んだと思えばいいよ」

おりんが慰める。

「そうはいくか。逃げ帰ったことになっているんだぞ。……ま、いいか。よし、話を整理しよう」

権左衛門はおりんに紙と筆を出させた。おりんが大きく横棒を引く。

「心中事件が起こったのは、十年前。これが発端だ」

おりんは紙の右端に黒々と「事件」と書く。梅乃は唇を噛む。

「で、今年、髪洗え女は成敗された」

左端に少し余白を残して、「妖、成敗される」と書いた。

「噂が流れたのはいつだ？」

「ひと月ほど前だ」

紙の中央に「噂流れる」と書き入れた。

「そもそも髪洗え女の噂はどこから出たのかしら？」

梅乃は首を傾げた。

「最初に聞いたのは、お蕗さんからだった。ざんばら髪の若い女の頭が天井から降りて来て、『髪を洗え、髪を洗え』って叫んで、髪を洗うと消えるって話だった」

紅葉が言う。

「そうね、思い出した。それで、お殿様より二十歳も若い奥方は怖がって寝込んでしまうし、女中たちも次々逃げ出したって」

梅乃が続ける。

「その話はおかしいって源ちゃんが言っていたじゃないか。女中が逃げ出したら、髪を洗う人がいなくなるはずなのに、だれが髪を洗っているんだ」

「晴吾さんが聞いたのは、髪を振り乱した女の幽霊が出るってだけの話だったわよね」

梅乃と紅葉は自分たちの知っていることを次々と口にした。

「そもそも、近所の人たちの話じゃ、もうずいぶん前から、あそこは空き家になっていたらしいよ」

おりんが話に加わる。

つまり、髪洗え女の話は最初から作り話だったのだろうか。

「よし、そのお二人さん。今、名前が出た人たちに会って、どこで噂を聞いたのか確かめてもらえないか。それをたどっていくと、出所が分かるかもしれない。すくなくとも、小石原藩にとってはひどく迷惑なことなんだ。ともかく、打ち消したいんだ」

　おりんは紙に「噂出所」と書いた。

「嫌がらせってこと？」と梅乃。

「恨みを持っている奴がいるのか？」と紅葉。

「藩の中をかき回したいってこともあるな」とおりん。

「それは先の話だ。ともかく、二人は噂の出所を探ってくれ。俺はごぼうやなすを切りながら、少し考えてみる」

　権左衛門が言った。

「あたしは？」

　おりんがたずねた。

「お前も、噂を集めておけ」

　権左衛門が言った。


　如月庵に戻ったのは、暗くなったころだった。裏からそっと入ったのに、お蕗に見つかった。

「あんたたち、どこに行っていたんだよ。桔梗さんに見つかったら大変だよ」

眉根を寄せる。

「ああ。お蕗さん、いいところで会ったよ。あたしたちは今、髪洗え女のことを調べているんだよ。お蕗さんにお願いがあるんだ。髪洗え女の噂がどこから出たのか、だれが言い出したのか調べてほしいんだ」

「髪洗え女って……、つまり梅乃のおっかさんのことと関係があると思っているのかい？」

「そうなの。おっかさんは髪結いで、同じ小石原藩のことでしょ」

「まぁ、そうだねぇ。……分かったよ。待ってな。あたしがちゃんと、出所を突き止めてやる」

お蕗は胸をたたいた。


翌々日、溜まりにやって来たお蕗は言った。

「あたしが最初にあの話を聞いたのは、魚屋なんだ。魚屋は出入りのお屋敷の女中から聞いたって言った。その女中は煮売り屋の女から……」

「途中はいいから、肝心なところを聞かせてくれよ」

紅葉がいらだったように言った。

「うん、それでね、結局のところ、その男は吉原の女から聞いたって言うんだ」

「そっちかぁ」

紅葉が残念そうな声をあげた。その先を確かめるのは、なかなか難しそうだ。

「でね、もうひとつ、別の話でね、髪を振り乱した女が出て来るってだけの話があるんだよ。噂話ってのは尾ひれがつくもんだろ。だとすると、こっちの話が古いような気がするんだ」

「うん、うん」

梅乃はうなずいた。

さすがお蕗である。いいところをついてくる。

「そっちをたどっていったらね、髪結いのお吉さんに行きついた。ここにも一度来たから、あんたたちも会ったことがあるよね」

「お吉さん？」

梅乃は驚いて大きく目を見張った。

髪結いの道具を前にあれこれ話をしているうちに、母の髪結い仲間であったことが分かった。母が流行り病で死んだと梅乃が言ったとき、お吉はなぜか少しあわてた。それで、梅乃は母の死に疑問を持つようになった。

つまり、この一連の探索のきっかけをつくった人である。

「お吉さんはなんて言ったんですか」

「小石原藩の若い藩士の髪を結ったときに、ここだけの話だけどって聞かされたんだってさ」

「ここだけの話ってことは、広めてくれって言っているのと同じだな」

紅葉がつぶやく。

「その藩士の人の名前は分かりますか」

「山田《やまだ》っていうそうだ。山田畝輔《うねすけ》。年は十八」

「なんだか、古くさい名前だね」

紅葉がくさす。

「お吉さんに会って、詳しい話を聞きたいんですけど」

梅乃は言った。

「そう言うと思ってね、お吉さんにはあんたたちがたずねるかもしれないよって、言ってあるよ」

お蕗はお吉の住まいを教えてくれた。

お吉は上野元黒門町《もとくろもん》に住んでいた。湯島から坂道を下り、不忍池の方に向かって細い路地を進むと、古い仕舞屋があった。一階が店で、二階が住まいになっている。格子戸を開けて訪うと、見習いらしい少女が出て来た。

「お師匠さんはいらっしゃいますか。如月庵から来ました」

梅乃が言うと、何度も口の中で復唱し、家の中に入って行く。しばらく待っていると、お吉が姿を現した。

「ちょうどよかった。今、お客さんが終わって、一休みしようと思っていたんだよ」

奥は仕事場で、二十四、五と見える女が二人、男のお客の髪を結っていた。先ほどの少女は片付けをしている。

「ちょいと、茜さんのところでお茶を飲んでいるからね。用事があったら呼んでおくれ」

お吉は下駄をつっかけて出て来た。

「この先にちょっとしたお休み処があるんだよ。今の時間なら、お茶といっしょに饅頭も出す。小上がりがあるから、ゆっくりできる」

先に立って歩いて行く。

「お忙しそうですね」

梅乃は謝った。

「なあに、こんなのは忙しいうちに入らないよ。大変なのは外仕事の方さ。二人って聞いて行ったら、急に四人にしてくれとかさ。こっちは、その後、約束しているから、大あわてだよ。何度行っても、暗い部屋に案内されたりね、まぁ、髪結いなんてそんなもんだ」

お吉は笑う。少し行くと、のれんに「あかね」と染め抜いた店があった。

「おてるちゃん、悪いね。小上がりを借りるよ。お茶を三つ。お饅頭も頼むね」

店の奥に声をかけて、お吉は店に入ると、慣れた様子で小上がりに座った。梅乃と紅葉も続く。

「お蕗さんから話は聞いたよ。例の妖の噂をたどっているんだって」

お吉がおおらかな様子でたずねた。

「はい。そうなんです。気になることがあって」

「それって、やっぱり、おっかさんのことがあるからかい」

急に声をひそめてたずねた。

「はい。私はおっかさんが心中したとは、思っていません。絶対になにか、別の理由があるんです。それで、富八親分をたずねたけれど、お武家のことには関われないって断られました」

「それで髪洗え女の噂を追いかける気になったのか」

「噂の出所を知りたかったんです。いつ、だれが、言い出したのか。その人は、小石原様になにか、特別な気持ちがあるのか。そういうことが知りたいんです」

「なるほどねぇ。ちょいと、一服してもいいかい」

　お吉は煙管を取り出した。

　ちょうどそのとき、奥から、おかみがお茶と饅頭、煙草盆を持ってやって来た。

お吉は煙管に火をつけた。

「ずいぶん前から、小石原様のご家臣の髪を結わせてもらっているんだ。噂を教えてくれたのは山田畝輔って若い男だ。髪を振り乱した女の妖が出るらしい。それで、女たちが怖がっている。そんな話だったね。店の若い髪結いが面白がって、店に来る豆腐屋にしゃべったんだ。小石原様の名前は出さなかったんだけどね。それからすぐ、髪洗え女の噂を聞いた。ああ、あの話がこんな風になったんだなって思ったよ」

「その山田畝輔って人は、いくつぐらいなんだ。なにをしているんだ」

紅葉がたずねた。

「十八だったかな。まだ若いからね、たいしたお役にはついていない。家老にかわいがられて、あれこれ雑用をしているよ」

「その人に会ったら、もう少し詳しい話を聞けそうですか？」

お吉はふうっと煙を吐いた。少し考えている。

「あんたが、お京さんの娘だってことを言ってもいいかい」

「……かまいませんけど」

「分かった。本人に会って聞いてみるよ。会ってもいいって言ったら連絡をする。じゃあ、あたしは、もう、行くから。あんたたちは、ゆっくりしていきな。あたしの分の饅頭も食べていいからね」

お吉はそそくさと立ち上がると、急ぎ足で出て行った。


翌日、さっそくお吉から紙片が届いた。

夕刻、茜屋に来られたし。

そう書いてあった。

「なんだよ。夕方は忙しいんだ。二人もいっぺんに出られないよ」

紅葉は文句を言った。仕方ないので、紅葉とお蕗に頼み、梅乃が一人で茜屋に行った。

のれんをくぐると、奥の小上がりにお吉がいて、手招きした。向かいには背中が見える。やせた、小さな背中だ。

「お呼びたてして申し訳ありません。梅乃と申します」

梅乃が挨拶をすると、若者が振り向いた。その顔を見て驚いた。

先日、小石原屋敷で見た顔だ。四人来た武家の男の最後を、荷物をかついで歩いていた。

梅乃たちがこっそり部屋をのぞいていたとき、目をあわせている。

「なんだ、あんたか。奇遇だな。あのとき、俺が声をあげてたら、あんたたちはバッサリ斬られていた。命拾いしたな」

畝輔は鼻にしわを寄せて笑った。

「あのときはすみませんでした」

「いいよ、別に」

そう言って、横を向いた。

「死んだ髪結いの娘だって聞いたから、もしかしたらって思っていたんだよ。俺の親父は倉本弥太郎。あんたのおっかさんの心中相手だ。もっとも、俺は心中したなんて、信じてないけどな。親父が死んで、じいさんの家に引き取られ、山田畝輔なんて、じじむさい名前になった」

畝輔は淡々とした言い方をした。

「私もおっかさんが心中したなんて、信じていません。やさしくて、働き者の母でした」

梅乃は短く答えた。

「まぁ、せっかく来たんだから、こっちにお座りよ。それで、聞きたいことがあるんだろ。聞いてやる」

お吉に言われて梅乃は小上がりに座った。倉本弥太郎の息子が目の前にいる。聞きたいことはたくさんあるはずなのに、言葉が出ない。

ふと、死んだ弥太郎は、どんな顔立ちをしていたのだろうかと思った。畝輔は整ったきれいな顔をしていた。

「あんたは、おふくろさん似か」

同じことを考えていたのだろう。畝輔はたずねた。

「……おっかさんは目がきれいな二重で、鼻もすっとして美人だって言われていました。私はあんまり似ていません」

「そうか。……よかったな。俺は親父に似ているんだ。だから、みんな俺の顔を見ると、親父のことを思い出すらしい」

ごくりと茶を飲むと、畝輔が言った。

「親父が死んだとき、俺は八歳だった。ばあさんからは突然の病で死んだって聞いた。だけど、ずっと不思議な感じがしたんだ。なんていうかな。周りの人たちが俺を見るとき、気の毒そうな、居心地悪そうな顔をするんだ。腫れ物に触るようって感じかな。元服したら、家老が俺を預かってくれた。傍において、立派な侍になるよう面倒を見てくれるって言うんだ。禄高も大したことないし、父親も早く死んだのにさ。……あるとき、古くからいる女中が、うっかり口をすべらせた。それで、知ったんだ。親父は心中したんだって。いや、正確には、心中したことになっている」

「本当は、なにがあったんですか？」

畝輔ははぐらかすように、上目遣いになった。

「『小の虫を殺して大の虫を生かす』って言葉を知っているか」

「はい、聞いたことがあります」

梅乃は答えた。

伊勢様のところで聞いた言葉だ。血判状を書いた源三郎たちも、大の虫を生かすため命を捨てる覚悟だったという。

「小さなものを犠牲にして大きなものを生かすこと。また、全体を生かすために一部を切り捨てることのたとえだ。俺の父親が死んだ理由はそれだ。心中とは関係がない」

「……大の虫っていうのは、小石原様のことですか」

「まぁ、そうだろうな。うちは代々、小石原藩の藩士だから」

梅乃は畝輔をにらみつけた。

「おっかさんは虫じゃぁ、ありません。人です」

畝輔の唇がなにか言いたそうに動いたので、封じるように続けた。

「小石原様とはなんの関係もない、髪結いです。お武家様から見たら、髪結いは下賤な者かもしれませんが、それでも、虫じゃぁありません。人です。なんにも、悪いことをしなかったのに、おっかさんは虫のように死んだってことですか？」

「そうは言っていないよ。ただのたとえだ」

困ったように横を向いた。頬が染まっていた。

自分でも納得していないのかもしれない。

気づまりな沈黙があった。

耐えられなくなったのか、畝輔は梅乃の顔をちらりと見た。

「俺だって、平気でいたわけじゃないさ。家老がいくら目をかけてくれたって、それとこれとは別じゃないか。だから、ちょっとつついてみようと思った。ざんばら髪の女の幽霊が出たって噂を流してみた。怖がる奴が出るかもしれない。なにか分かるかもしれないじゃないか。そしたら、年寄りたちが妙にあわてたんだ。そのうちに、髪洗え女なんてもんがささやかれるようになった。もっと、騒ぎが大きくなった」

「そうだねぇ。まったく、あっちでも、こっちでも、噂でもちきりだったよ」

お吉が言うと、畝輔はうれしそうな顔をした。

「そうなんだよ。あの屋敷を欲しいって人がいて、小石原藩でも手放したかったんだ。だけど幽霊屋敷って言われて、その話は立ち消えになった。家老たちは困っているんだ。だれかが幽霊を退治すればいいんだって言い出してさ。それで、あの晩の仕掛けになったんだ。ばかばかしいよな。大真面目にやっているのを見たら、……なんか、ちょっとだけ溜飲が下がった。……それだけだ。……もう、いいか。俺の話はこれで終わりだ」

畝輔はそれきりなにも言わず、中空を眺めている。

「親父はなんのために死んだのかな。納得して死んだんだろうか」

小さな声でつぶやいた。泣いているのかもしれない。

梅乃は畝輔の顔を眺めた。

畝輔は急に居住まいを正し、武士の顔になった。

「あんたたちには分からないかもしれないが、武士には武士の生きる道がある。父は武士として死んだ。私も武士としての道を歩む。もう、会うことはないと思う」

立ち上がると、振り向かず出て行った。


店を出たときは、日が暮れていた。

風呂だ、夕餉だと、如月庵は忙しいに違いない。

梅乃は駆け足になった。息をきらして坂道を上る。こんなに急だったか。如月庵は表通りから少し奥まったところにある。目印は桜の木で、その角を曲がると細い路地が宿の入り口まで続いている。

角を曲がった途端、桔梗が恐ろしい顔で立っていた。

「今まで、どこに行っていた」

「どこって……」

「紅葉と二人で、こそこそなにかしているのは分かっている。なにをしている。なにを調べている」

「……えっと、あの、その」

梅乃はしどろもどろになった。

「もう、お客が来て、宿は忙しい。仕事が終わったら、紅葉といっしょにおかみさんの部屋に来るように。今までのことをちゃんと説明するんだよ」

言い置いて、足早に去ってしまった。

急いで厨房に行くと、紅葉がやって来た。

「大変だよ。あんたがいないことが桔梗さんにばれちまったんだ」

「入り口のところで会ったわよ。仕事が終わったら、おかみさんの部屋に来るようにって言われた」

「ひえぇ」

紅葉は頭を抱えた。

その日は、間違いがないように夢中で仕事をした。料理を運び、風呂に案内し、明日は買い物に行きたいと言われて店を調べた。

ようやく一息ついて梅乃と紅葉が裏に出ると、物置の方で猫が鳴いている。

近づくと、権左衛門とおりんが猫と遊んでいた。

「どうして、ここにいるんだよ」

紅葉は驚いて、思わず大きな声をあげた。

「噂の出所を調べるって言ってたじゃないか。その後、どうなったのか心配になってさ」

「……あの、その……噂の出所は一応、分かったんです。その人にも会いました。……畝輔っていって、その人は、心中をした相手の息子さんだったんです。その人も、あれは心中じゃないって言ってました」

「そりゃあ、すごいじゃないか」

おりんも身を乗り出す。

「だけど、一番肝心な、なぜ、そういうことになったのか、なにがあったのかってところまでは分からなくて。……っていうか……。あの、私たちがやっていることが宿に知れてしまって、大変なんです。今晩、おかみさんに説明しなくちゃならないんです」

「叱られるのか」

おりんが心配そうな顔になる。

「ああ。まぁ、そうだろうね」

「よし。俺もいっしょに行って説明をする。あんたたちがどんなに真剣で、あんたたちにとってどれほど大事なことか、俺も話す。ここまで来たら、本当のことを知るまで引けねぇだろ」

「もちろんさ」

紅葉が元気よく答えた。

結局、お松の部屋に梅乃と紅葉、権左衛門とおりんの四人で向かうことになった。

お松の部屋に行くと、お松に桔梗、縦助も来ていた。権左衛門とおりんを見て、桔梗は少し驚いた顔になったが、お松は最初から来るのが分かっていたように穏やかに挨拶を交わした。

梅乃と紅葉はそこで、最初から順を追って話した。小石原屋敷に行ったこと、権左衛門たちに会ったこと、髪洗え女を成敗するのはただの見せかけであったこと、畝輔に会ったこと。

お松と桔梗と樅助はじっと耳を傾けた。権左衛門とおりんも、畝輔に会った話になると身を乗り出した。

「よく、そこまで調べたね。とすると、残るのは、その日、なにが起こったかってことを解明することだね」

お松がやさしい顔で言った。

「……そうです、けど」

叱られるとばかり思っていた梅乃は、少し驚きながら答えた。

「どうすればいいと思う？」

お松は樅助にたずねた。

「髪洗え女を見せてやればいいんじゃないですか。そのあたりは、杉次の出番だ」

音もなく杉次が入って来て、部屋の隅に座っていた。

「できれば、ご当主には、こちらに来ていただいたほうがよいですね」

桔梗が答える。

「さて、どうするか。雨漏りでも起こすか。とうとう、ご当主がいらっしゃる屋敷にも怪異が起こる」

「よろしいんじゃないですか。髪洗え女の噂の次は、原因不明の雨漏り。宿移りしたくなるでしょうから。屋根の修理が終わるまで、こちらで骨休めをしていただきましょう」

「小石原様は以前、奥方がこちらにいらしたことがあるから、お誘いのお手紙でも出しておこうかね」

お松が言う。権左衛門が乗って来た。

「なるほど、桔梗さん、そちらが杉次さんですか。それなりの使い手と見ました。しかし、娘ともども私もお役に立たせていただきたい。私は剣なら免許皆伝、娘も懐剣なら、ある程度は使えます」

「私も、なにかお役をください」

梅乃が言えば、「あたしもお願いする」と紅葉が加わる。

そうして、その晩は遅くまで合議が行われた。

5

如月庵の玄関に小石原藩当主、小石原教常《のりつね》の乗った立派な駕籠が着いた。近習の者が扉を開けると、教常の袴が見えた。駕籠の脇に控えていた者がすかさず腕を差し出して支えた。

どこかで見た顔だと思ったら、水沢辰之進である。さらに後ろには、畝輔やほかの二人の男たちが控えていた。畝輔は梅乃に気づいたらしい。しかし、知らんぷりをしている。梅乃も素知らぬ顔を通した。

教常は足元を確かめるように、そろりそろりと歩みを進める。

年は五十歳をいくつか過ぎたくらいか。

その年齢にしては、体の動きが鈍い。青白いむくんだ顔をしていた。

「殿は近ごろ、気鬱である」と伝えられていた。かなりの重症ではあるまいか。

「お待ちしておりました。ごゆっくりとお過ごしくださいませ」

お松が挨拶をした。桔梗に梅乃、紅葉、如月庵の使用人が勢ぞろいして迎えた。

その二日ほど前のこと、雨も降っていないのに屋敷の教常の寝所の天井から、ぽたぽたと水が滴り落ちてきた。

教常はひどく怯え、大工を呼べ、屋根を修理せよと大騒ぎをした挙句、屋敷にはいたくないと言い出した。ちょうど、案内の文が来ていたので如月庵にやって来たのだ。

教常は離れに逗留した。側室と女中、さらに近習、警護の者たちもついて来ていたので、如月庵は貸し切りである。

屋敷を離れて心が晴れたのかもしれない。教常は杉次の料理に舌鼓を打ち、酒を飲み、ゆっくりと風呂に入った。側室の舞いを眺め、歌留多《かるた》に興じたりして時を過ごした。

離れからは、女たちと教常の笑い声が響いてきた。

そんな風にして夜は更けていった。


深夜。

静かな離れに、ぽたり、ぽたりという水音が響いた。天井に潜んだ杉次が小さな穴から水滴を垂らしているのである。

最初に気づいたのは、控えの間で寝ずの晩をしていた近習の者だ。

不審そうな様子であたりを見回す。

晴天である。雨音がするはずはない。

細く襖を開き、手燭を近づけて教常の眠っている室内を見る。

綿のたっぷり入った布団が敷かれ教常が眠っている。何事もないようだ。

近習は襖を閉じた。

頃合いを見計らって、杉次は次の穴に移る。

今度は教常の枕元だ。

水滴はじんわりと布団にしみこんでいく。

そして、狙いを定めて、眉間に一滴。

わっと叫んで教常は飛び起きた。

「だれだ。わしの命を狙っている者がいる。水だ。水がある。枕が濡れた。妖だ。妖がいる。わしを追いかけて、ここまで来たんだ」

ぱたぱたと足音がして桔梗とともに水沢辰之進たちが部屋に駆けこんできた。

「殿、いかがいたしましたか」

辰之進がたずねる。

「妖だ。妖がこの部屋にいる」

「今、灯りをつけます」

桔梗が行燈に火を入れる。すると、ぼうっとした行燈の光に照らされて部屋の隅に黒い人影のようなものが浮かんだ。

「あいつだ」

教常がつぶやく。

息を飲む男たち。

ぽたり、ぽたり。

水音が響く。

「おのれ」

教常は刀を手にした。

「殿、落ちつかれますよう。これは、ただの影でございます。妖ではありません。何者かが我らを脅かそうとしているのです」

辰之進が行燈の内側から、黒い紙片を抜き出した。

「ただの手妻です。こんなものに心乱されませぬよう」

「そうか。妖ではないのか」

教常は荒い息の下で答えた。

辰之進は手燭で天井を照らした。

「ここにも、賊が潜んでおります」

近習の者から槍を受け取ると、身構えた。

天井を一突きするという、まさにそのとき、畝輔が叫び声をあげた。

「わあ、わあ、わあああああ」

刀を抜き、めちゃくちゃな様子で見えないだれかに斬りかかる。

一瞬、辰之進の槍が止まった。

その途端、桔梗が苦しみ出した。

「うぐぐぐ、うぐぐぐ」

だれかに首を絞められているかのように、苦しんでいる。そのまま、布団の上にどうと倒れた。

「助けて、助けて」

あたかも腰を抜かしたかのように、脚で空を蹴って逃げようとする。

教常の顔に恐怖が広がった。

「おお、わぁ、わあああ。わあああ」

手にした刀を振り回した。

「お前か、お前か。お前がここに来たのか」

「殿、お心を鎮めて。おやめください」

近習の一人が教常の手から刀をもぎ取ろうとした。だが、錯乱した教常がむやみに腕を振り回すので、なかなかつかめない。しかも、桔梗が這いずりながら邪魔をしているのである。

「殿の手から刀を。畝輔を押さえろ」

辰之進が叫ぶ。

男たちは顔を見合わせた。ある者は困惑し、ある者はすがるような目をし、ある者はすでに腰が引けている。この部屋で、なにかが起こっているに違いない。男たちはそう確信した。

外にいる警護の者たちが雨戸を叩き、どんどん、がらがらという音が騒々しく響いている。

「何事ですか。なにが起こっているんですか」

大声が響く。雨戸をはずして中に入ろうとしても、雨戸は簡単にははずれないようになっているのだ。

叫び声と物音が入り交じり、手燭は転がり、行燈の火がぼんやりと部屋の中を照らす。黒い人影がゆらゆらと壁に映し出される。

天井からは、ぽたり、ぽたり。

生臭い血がしたたり落ちて、布団を汚した。

その血が教常の顔に落ちる。恐怖は最高潮に達した。

刀を捨てると、桔梗につかみかかった。

「おのれ、わしに、まだ恨みがあるのか」

桔梗は一瞬、大きく体を震わせ、次の瞬間、白目をむいた。

「そうだ。俺はお前に殺された倉本弥太郎だ。お前は奥方との仲を疑って、俺を斬ったのだ」

女とは思えない、太い低い声で答えた。

「違う、違う。わしは斬っていない」

「じゃあ、なんだったというのだ。俺はなぜ死んだんだ」

桔梗は大きく体を震わせると、今度は女の声で叫んだ。

「じゃあ、私はどうして死んだんだ。私は心中なんかしていない。ただの髪結いだ」

「違うんだ。そうじゃない。わしはあのとき、奥に腹を立てたのだ。それで、おどしのつもりで刀を抜き……、止めようとしたお前を誤って……。心中にしようと言ったのは、辰之進だ。ことを収めるにはこうするしかないと言ったんだ」

辰之進が大声をあげた。

「茶番だ。これは茶番だ。この女は妖なんかじゃない」

がらがらと音がして、雨戸がはずれた。

「悪かった。悪かった。あのとき、つい、かっとなったんだ。斬るつもりなんかなかった。脅しだったた。だけど、お前が邪魔立てするから刀が当たったんだ」

「やめろ、やめろ。これは妖なんかじゃない。ただの手妻だ。よく見るんだ」

辰之進が叫ぶ。

警護の者たちは顔を見合わせ、立ちすくんでいる。

天井から野太い声が響いた。女たちの声が重なる。

「この恨み、はらさずにおくか」

「恨めしやあ、恨めしやあ」

それを聞いた畝輔が耳を押さえ、奇妙な叫び声をあげて庭に駆け下り、姿を消した。

「待て、わしをおいて行くな。待て、待て」

教常は畝輔を追いかけて庭に転がり落ち、そのまま気を失った。

その晩、多くの家臣が一部始終を見てしまった。すべてが隠せないものになってしまった。

教常は激高すると、手がつけられなくなる。十年前の心中事件は、ささいなことで奥方に腹を立てた教常が斬りかかり、それを止めようとした倉本弥太郎と、奥方の傍にいた梅乃の母を刺してしまったのだ。

心中事件に見せかけようと進言したのは辰之進である。仲間内からも信頼の厚い弥太郎が死ぬなら、ふさわしい理由がなくてはならないと言ったのだ。

奥方はそののち、病を得て亡くなった。教常は次第に心を病むようになった。

真相の解明は桔梗のみごとな芝居があってこそのものである。だが、畝輔の芝居もうまかった。宿に来て、梅乃の顔を見たときに、企みに気づいたという。

杉次は天井に潜み、権左衛門やおりんはすぐ飛び出せるよう、床下に隠れていた。梅乃と紅葉、お蕗は妖の声を出した。如月庵総出の大芝居だったのだ。

エピローグ

湯島天神では十二月の晦日に、大祓《おおはらえ》が執り行われる。これは日常の暮らしの中で、知らず知らずに犯してしまったさまざまな罪や穢れをのぞくための神事である。

境内には大きな茅《ち》の輪がおかれた。

八の字を描くように輪をくぐると、罪や穢れが取りのぞかれ、無病息災が願えるのだそうだ。

「今年はいろいろあったからね。梅乃と紅葉も行っておいで」

お松に言われて、梅乃は紅葉と二人で湯島天神で茅の輪くぐりをした。

くるくると何度も輪をくぐっていると、梅乃の心にたくさんのことが思い出された。

小石原藩当主、教常はその後亡くなり、息子が跡を継いだ。辰之進はいずこかへ姿を消した。

結局、十年前の一件は闇から闇に葬られた。

御詮議があり、藩のお取りつぶしというようなことになれば、多くの関係のない藩士やその家族が路頭に迷うことになったから、これでよかったのだとお松は言った。

はい、分かりましたと、梅乃は答えた。

そう答えたとき、心に黒い小さな虫が浮かんだ。

その虫は蟻よりももっと小さかった。目も口も分からないが、小さな足が動いているので、虫だと分かるだけだ。

その虫は梅乃の頭の中に居座っていつまでも消えなかった。

母のお京が虫になってしまったような気がした。

それが悔しく、悲しかった。

母は小石原藩とは関わりのない人間だ。武士でもない。ただの町民だ。

それなのに、なぜ、死ななくてはならなかったのか。

教常が斬ったと言った。

錯乱して刀を抜いたのだ。深い傷だったとしても、すぐに手当てをすれば命は助かったのではなかろうか。

だが、教常もそばにいた辰之進も、なぜ助けようとしなかったのか。

許せないと思った。

教常は死んでしまったから、もう、詫びの言葉を聞くこともできない。

この悔しい、悲しい思いをどこにぶつけたらいいのだろうか。

懐からお守り袋を取り出した。緑の石は以前と同じように透き通っている。けれど、梅乃の気持ちは晴れない。

罪や穢れを取りのぞくために茅の輪をぐぐるのだけれど、こんな気持ちのままでは、のぞかれるはずはない。罪や穢れはどうなるのだろう。真っ黒い澱《おり》となって、梅乃の体にべったりとしみつくのか。それは、洗っても、こすっても消えなくて、いつか梅乃の体や心を蝕んでしまうのではないか。

ぐるぐると八の字を描くように回りながら、梅乃はそんなことを考えていた。

ふと見上げた空は、お日様がやけにまぶしく照っていた。緑の石を握った。

一歩足を踏み出そうとしたら、ぐるんと天と地が逆転した。頭が痛くなってしゃがみこんだ。

突然、涙が出て来た。

梅乃は大きな声をあげて泣いた。

夕方、お松に呼ばれた。

部屋に行くと、お松は長火鉢の向こうにいつものように座っていた。

「大丈夫かい。紅葉に聞いてびっくりしたよ」

やさしい目をして言った。

「茅の輪くぐりをしているとき、なんだか、いろんなことを考えてしまって、頭がぐらぐらして来ちゃったんです」

「でも、そうだねぇ。あんたは、あまりにもたくさんのことを背負っちまったからねぇ。ちゃんと眠れているかい」

はいと答えたけれど、本当は違う。寝つきが悪くなった。夜中に目が覚めることもあった。

そうすると、朝まで眠れなくなった。

「形代《かたしろ》流しって聞いたことはあるかい。人の形に切った紙に自分の名前と年齢を書いて川に流すんだよ。そうすると、形代がお前に代わって悲しみや悔しさを背負って流れていってくれるんだよ」

お松は人の形に切った紙を取り出した。

「これが形代、ですか？」

「そうさ。ね、これから二人で行ってみようよ」

お松が誘った。

「川ってどこの？」

「神田川はどうだい？　あそこならすぐに海に着きそうじゃないか。海まで行ったら、波が運んでくれるよ」

「どこへ？」

「西方浄土、仏様のいる極楽だよ。きらきらした光の中で悲しみも悔しさも溶けて、虹になって消えるんだ」

本当だろうか。梅乃の悲しみや悔しさを、こんな小さな紙切れが背負えるのだろうか。

梅乃は黙って見つめた。

「そうだねぇ。でも、昔の人がそう言ったんだからさ、試してみてもいいじゃないか。お前さんが、あの藩主やお侍を許せない気持ちは分かるんだよ。あたしも伊勢様も同じような思いをして来たからね。だけどさ、その気持ち、少し棚上げしてみないかい。忘れろって言っているんじゃないよ。棚において、しばらく見ない。そのままにしておくんだ。……それで、悲しい、悔しいと思ったら、その分、だれかにやさしくするんだ。そうだよ。だって、お前さんは部屋係なんだからさ」

「分かりました」

梅乃は小さくうなずいた。

それはいつもやっていることだ。大丈夫。ちゃんとできる。

「如月庵に来たお客に、やさしくしておくれ。如月庵の『如月』は『衣更着』。寒い冬にもう一枚、着物を着せて暖かく過ごしてもらうって意味なんだよ。幸せな気持ちになったお客さんは、また違うだれかにやさしくするだろう。それがつながって、みんなが少しずつ幸せになる。いつかおっかさんのところにも届くんだ。十年、二十年したらさ、梅乃の悲しさや悔しさは、きっと少し軽くなっているよ」

梅乃は顔をあげた。

胸の奥がほっと温かくなった。

「さぁ、じゃあ、川に行こうね」

お松は立ち上がった。

新しい年を迎えて、梅乃のところに二通の便りが来た。

一通はおりんからだった。

権左衛門は漬物屋を辞めて、千住《せんじゅ》宿で小さな剣道場を開いたそうだ。「子供たちがたくさん来ます。家の人たちがねぎや大根をくれるので、食べるのには苦労しません」と書いてあった。

もう一通は畝輔からだった。短い文だった。

「父の古い友人である松村《まつむら》様の養子というご縁をいただき、名も平次郎《へいじろう》と改め、学問の道に進むことを決めました」


姉のお園は相変わらず医院の仕事で忙しそうだ。

あるとき、お園が何気ない風でたずねた。

「おっかさんが心中の片割れだったら、私が桂次郎先生に嫌われると思ったの？」

「どっから聞いたの？」

「うーん、お蕗さんかな？」

お蕗は噂を集めるのも上手だが、噂好きでもあった。

「ありがとうね。でも、そういう人じゃないのよ。大丈夫」

梅乃は思い切ってたずねてみた。

「おねぇちゃんは桂次郎先生の奥さんになるの？」

「……そうねえ。どうかしら。それは、また、別のことだから」

そうなったらうれしいけど、やっぱり、難しいこともあるのだと思った。

晴吾が浅草の天文方に移ることが正式に決まった。いつものように坂道を上って来る晴吾に、梅乃と紅葉は言った。

「おめでとうございます」

「ありがとうございます。もう少し先のことかと思っていたので、私もびっくりしました。そんなわけで、浅草に移ります」

「晴吾さんは許嫁の方と祝言もあげられるんですよ」

源太郎が屈託のない様子で報告する。紅葉の口が「あ」の形になる。

「かすていらの宴のとき、お姿を拝見しました。きれいな方ですね」

梅乃は言った。

「いやいや、まだ早いと思ったのですが、周りにいい機会だと勧められました」

頬を染めて、照れている。

「浅草に移られるのだったら、朝稽古もおしまいですね。こうして、毎朝、ご挨拶を交わすこともなくなりますね」

「そうなんです。それが残念です。紅葉さんと梅乃さんと毎朝、挨拶を交わすのが、私の楽しみでした。今日も元気に、汗を流すぞという気持ちになりました。本当のことを言うと、私は朝が大の苦手なのですよ。星を見たり、書物を開いたり、夜はいつまででも起きていられるんです。でも、朝はだめです。辛いんです。お二人がいらしたから、朝稽古も続けられたと思います」

「そんな……、もったいないです」

紅葉が喉を絞るような声を出した。

晴吾と源太郎の後ろ姿が見えなくなるまで、紅葉と梅乃は見送った。

くるりと振り返ると、案外元気な様子で紅葉は言った。

「あたしはね、決めたんだ。たった、今」

「なにを」

「晴吾さんがいなくなっても、毎朝、ここの掃除をするんだ」

「源太郎さんがいるから」

「そうじゃないよ。そういうことじゃなくってさ。ただ、こうやって毎朝、葉っぱを掃いてさ、おはようございますって言うだけでも、だれかの、なんかの役に立っているんだよ。そのことが分かった。なんかさ、うれしいじゃないか」

「そうね。私もうれしい」

梅乃は答えた。

懐のお守り袋から緑の石を取り出した。透き通った小さな石は、光を受けて輝いた。この石が梅乃を見守っていてくれる。これからも嘘のない方、正しい方へ、導いてくれるに違いない。

そう思った。

上野広小路から湯島天神に至る坂道の途中に如月庵はある。知る人ぞ知る小さな宿だが、とびっきりのもてなしが待っている。

ここで働く人たちは、それぞれひみつを持っている。

ほかの人には知られたくない過去のこと、心の奥のやわらかいところに隠して、人に見せない大切なこと、それがひみつだ。紅葉も、杉次も、樅助も、桔梗も、少し重たくて辛いひみつを抱えている。

如月庵という宿も伊勢様とお松の悲しくて悔しい思いを隠している。

それぞれの悲しいことや辛いことは棚上げする。代わりに寒い冬に、もう一枚暖かい着物を着せかけるように少しのやさしさを手渡す。それが如月庵という宿だ。少しのやさしさがまた次の人に手渡されて、いつかたくさんのやさしさでいっぱいになるように。そんなことを願って。

（完）

この作品は書き下ろしです。

湯島天神坂
お宿如月庵へようこそ
満月の巻

中島久枝

2022年11月5日　第1刷発行

発行者　千葉 均
発行所　株式会社ポプラ社
〒102-8519　東京都千代田区麹町4-2-6
ホームページ　www.poplar.co.jp
フォーマットデザイン　bookwall
組版・校正　株式会社鷗来堂
印刷・製本　中央精版印刷株式会社

N.D.C.913/277p/15cm　ISBN978-4-591-17559-0

P8101457

ポプラ文庫好評既刊

あん

ドリアン助川

線路沿いから一本路地を抜けたところにある、小さなどら焼き店を営む千太郎。ある日、バイトの求人をみてやってきたのは手の不自由な老女・吉井徳江だった。徳江のつくる「あん」の旨さに舌をまく千太郎は、彼女を雇い、店は繁盛しはじめるのだが……。やがてふたりはそれぞれに新しい人生に向かって歩き始める。このうえなく優しい魂の物語。